陈　平◎著

优点是实在，缺点是太实在

不会遗忘的记忆

Buhui
Yiwang
De Jiyi

在人生旅途上
有些人虽然与我别离已久
有些事虽然与今相距已远
却如影随形般令我难以忘却！

内蒙古人民出版社

图书在版编目（CIP）数据

不会遗忘的记忆 ／ 陈平著 . -- 呼和浩特：内蒙古
人民出版社，2018.5
ISBN 978 - 7 - 204 - 15325 - 1

Ⅰ.①不… Ⅱ.①陈… Ⅲ.①散文集—中国—当代
Ⅳ.①I267

中国版本图书馆 CIP 数据核字（2018）第 059837 号

不会遗忘的记忆

作　　者	陈　平	
责任编辑	田建群	
封面设计	中联学林	
版式设计	中联学林	
出版发行	内蒙古人民出版社	
地　　址	呼和浩特市新城区中山东路 8 号波士名人国际 B 座 5 楼	
印　　刷	三河市华东印刷有限公司	
开　　本	147mm×208mm 1/32	
印　　张	5	
字　　数	95 千	
版　　次	2018 年 9 月第 1 版	
印　　次	2018 年 9 月第 1 次印刷	
书　　号	ISBN 978 - 7 - 204 - 15325 - 1	
定　　价	36.00 元	

如出现印装质量问题，请与我社联系。

联系电话：(0471) 3946120 3946124

网址：http：//www.impph.com

序　言

　　这里面的文字都是我在退休前后的几年里写下的，或是应需而作，或是有感而发。

　　随着记忆力的渐次衰退，许多本来非常熟知的人与事都在脑海中淡去了，消失了。连许多曾在一起的同窗同学、同户知青、同门同事，若不是有人多加提及与描述，我都没有记忆或记忆模糊了，想来不免心生悲哀。

　　然而，在我的人生旅途上，有些人虽然与我别离已久，有些事虽然与今相距已远，却如影随形般令我难以忘却。于是，就有了这本集子，也就有了"不会遗忘的记忆"这个书名。

　　是的，对于挚爱的亲人的亲情我是不会遗忘的。在我的这本集子中，用笔最多的部分，就是对父亲、母亲和两个女儿的记述了。中国的汉字是最有讲究的。我想，为什么在汉字构成的词语中，将父母称为双亲，将父亲称为父亲，将母亲称为母亲呢？皆因为父亲和母亲是每个人生命历程中最为亲近的人，父母双亲不仅给了我们每个人生命，而且给了我们无私的爱，将我们抚育成人。因而，父母之爱是不会遗忘的。我的父亲和母亲皆以将近九十岁的高龄辞世。让我感到欣慰的是，我在退休后做的第一件值得一提的事就是，在父亲近十年谋划、走访、记录、回忆、采写的基础上，我利用一个多月的时间，不分昼夜，不辞艰辛地苦思冥想、奋笔疾书，为他整理好了五六万字的分为"自传、家谱、纪事"三个部分的书籍，并写下了序言。这部书稿是在父亲即将走完人生旅途的最后一程时面世的。他老人家格外满意，我也非常兴奋。我将为父亲这本书写的序言题作《致父亲》收入我的这本集子中。父亲是 2016 年 12 月 18 日离世的，在 22 日举行遗体告别仪式之前，我一夜未眠也不觉困顿且思路清晰，在做完其他我要完成的为告别仪式而做的准备工作之后，在凌晨三至五点之间，我写下了我要在告别仪式上宣读的《缅怀父亲》的文字。我将这篇文字也收入这里。去年 11 月 10 日，是母亲在世时度过的最后一个生日。作为献给母亲生日的特殊礼物，我写下了《母亲，我爱您》一文。当时，虽然母亲已不能通读、不解其意，但父亲还是读了，算作替母亲读了，我觉得我还是尽了一份孝心了。此文也收进了此集。无论在何时何地、何种情况下，我都承认，我喜欢夸奖我的两个女儿，因为她们总是给我以幸福与满足。我在这本书里写到了她们。由于有的篇章是应时应约而作，难免有重复之处、啰唆之感。我想，我也不做删改了，谁让我对她们爱得如此深切呢！

是的，真挚的友情是不会遗忘的。在人生的旅途上，每个时期、每个阶段都有新的朋友。朋友给予的友情与帮助，总是让人念念不忘，尤其是在关键之时，更让人终生不会遗忘。人非圣贤，有的朋友难免有时"不够意思"，但我想还是多想着、多记着人家的好处为是。朋友间不一定常有联系，常记着、常想着就行了。关键是我们自己要与人为善，常常想着、记着那些好人，并向他们学习。"人生难得一知己。"我的知己还是不少的。我在本集中收入的《龙哥我们几个》，就是我对几位挚友间的真情的如实写照。我们的友情可以说是永远的。遗憾的是，我写友情篇章较少，有待今后多多下笔。

我曾被人一再评论："优点是实在，缺点是太实在。"文如其人。我的作品也如我的人品一样，优点是实在，缺点是太实在。我这个人最大的短板就是不会编故事，不会虚构，因而也就不会写小说之类的东西。我只会写我所见所闻，写自己的真实感受。过去如此，现在亦如此，恐怕今后还会如此，这也就算是我的作品风格吧。

陈平

2017 年 9 月 24 日

目 录
CONTENTS

致父亲

儿子给老子写的东西作序，这在古今中外写作史与出版史上，即使不是绝无仅有，也是寥寥无几的。而我却毫不犹豫地应承了父亲的要求，开始动笔做起这件事来了。我想，谁让我从小就喜欢舞文弄墨，长大后又学了中文，不仅有诸多文章面世，而且还出版过几本书，并跻身于中国作家协会会员行列了；更主要的是，谁让我是他亲亲的儿子，自然比别人更了解他、熟知他了。我曾多次与他谈起他的往事以及我们这个家族的过去、现在与未来，我还曾为他整理过"自传"和相关的文字。因此，我觉得由我来写这篇序言是合情合理、当仁不让的。

那么，我的这篇序言该写些什么呢？

作者夫妇与父母

我觉得首先还是应该写写父亲这个人，写写他在我心目中的印象。印象之一，父亲是个爱憎分明、直言不讳、颇具风骨的人。他之所以在"反右"和"文革"中屡屡吃亏，之所以难以晋升，我想，都是与他的耿直性格密不可分的。每当他谈起那些整人、害人甚而是痛下毒手打人的人时，他都义愤填膺，气不打一处来。他最瞧不起那些不学无术、自以为是、装腔作势的人，更看不上那些趋炎附势、油嘴滑舌、弄虚作假的人。印象之二，父亲是个勇敢、坚强、不畏艰险的人。当年他才22岁，为了保护运送的公粮不被土匪劫走，就敢赤手空拳地同持有手枪的土匪搏斗，最终取得了胜利。"文革"中，我在给父亲送饭时，曾亲眼看见过父亲被人打得皮开肉绽、浑身是血的情景。尽管是那样，他也始终没有承认自己所谓的"罪行"，更没有"揭发"他人。几天前的一个晚上，和我从小一起长大、被我一直称为"龙哥"的好友在电话中提起我的父亲——他的小学老师时说:"陈老师真是个英雄。我也曾偷看到陈老师被人用皮鞭子、胶皮管子打得血肉模糊,可就是不'认罪'的场面!"印象之三,父亲是一个工作勤恳,非常敬业的人。打从我记事起,身为乡村小学老师的父亲和母亲就很少待在家里,很少做家里的活儿,而是把多数时间和精力留给了学校,放在了工作上。他们几乎每天吃完晚饭后都要去学校备课,也不知夜里几点了,我们兄妹几个都睡着了,他们才从学校回来。到了周六、周日,虽然那时规定休息一天半,可他们也很少与家人在一起,而是又到学校或是批改作业或是开会去了。那个年代,每个寒假、暑假,学校几乎都要组织老师们开会,不是让他们参加政治学习、业务学习,就是让他们投入政治活动之中。因此,他们比平时上班还要紧张与疲惫。尽管如此,父亲和母亲,尤其是父亲也总是任劳任怨、兢兢业业地工作着,奉献着。为此,我们四兄妹从儿时起就没少担水做饭、喂猪背柴,就没少承受劳作之艰辛、生活之艰难,以至于后来也没少埋怨自己的父母。直到后来,我们经历得多了,懂得多了,才明白,那不怪他们,那是时代造成的,是历史造成的。"文革"后,父亲调到了旗里工作,按理说工作与生活都有规律了,也该轻松轻松了,可他还是把时间与精力都投入工作上,很少顾及家里的事,也很少顾及自己身体是否能吃得住。那些年,离家在外的我,没少听亲朋好友们讲起父亲的工作状况,说他为做好"落实政策"工作,常常是废寝忘食、不分昼夜地接待上访者，哪有个礼拜天、节假日，就连每晚睡觉前的时间也都搭进去了！为了弄清情况，平反冤假错案，使本人或其家属获得应有的待遇，他还常常下到农村和牧区去实地走访，调查研究。那时候的交通状况可不比如今，坎坷不平的土路能把人脊骨颠断，跑风漏气的吉普车呛得人憋闷。而那时的父亲已是五六十岁的人了。印象之四，父亲是个心胸开阔、乐观豁达的人。还记得"文革"期间他被关押时，有一天，我去给他送饭，他刚从刑讯室出来，脸上、手上都是血迹，却满不在乎地跟我说："想吃黏豆包了。"我家最初搬到旗政府所在地甘旗卡时，有那么两三年，居住的房子十分破旧，夏天漏雨，冬天结冰。我那时正读大学，寒、暑假期间回到家里没少抱怨父亲，可父亲总是说："将来会住进好房子的，我家出了两个大学生，有啥愁的。"于是，他该喝酒还是喝酒，总是满面红光的。印象之五，父亲是一个好施愿舍、乐于助人的人。我家住在农村时，每月人均收入不过十块多点，家里的日子过得十分拮据。即便如此，有人向他借钱时，他也总是毫不迟疑地借给人家三块五块的。借了不还，他也满不在乎，不去索要。他在旗里搞"落实政策"那些年，不知有多少人曾对我说过："你爸太热情了，太好客了。"他和那些去找他落实政策的人谈话，不知不觉就到了饭时，他不是一走了之，而是硬把人家拉回家里去吃饭，还给酒喝。有的是走在大街上碰上的，他也要拉到家里去招待。父亲和母亲离休后到了呼和浩特，离我们旗里一千多公里远。本以为家里客人会少了。可情况并非如此，隔段时间，有时竟然是接二连三的，就有亲属或是到呼和浩特市办事的朋友找他。他从来不烦，不怕增加负担，总是热情洋溢地招待，像遇上了好大的喜事一样对待。他不知给多少人塞过钱，买过火车票；不知领过多少人跑党政机关办事，或者是寻亲访友、参观游览。记得他在 80 出头的高龄上，还曾多次乘公共汽车到火车站去，为老家来的亲属买火车票。父亲和母亲都是离休干部，各自的养老金都不算少，他们在十年前不仅没有什么积蓄，日子还经常过得捉襟见肘。记得有一次我去看望他们，正遇上母亲患了中风，需要赶紧到医院去看病，可父亲从家里和身上翻了好一阵子，才翻出了 40 多元钱。他们的钱都哪去了呢？据我所知，除了招待和补贴从老家和其他地方来的客人外，有不少都花在了孩子们身上。每个周日，他们都要让我们兄妹几个带上孩子去他们家里吃喝。用父亲的话说就是"一块儿乐和乐和"。逢年过节时，更是必须去他们家里去聚聚。每逢过大年或是六一儿童节，他们还要给"小不点儿"们发红包。在外地上大学的"第三代"放假回家和开学时，他们也都表示表示，资助资助。如此这般，他们怎能有结余，有存头儿呢？有了那次深刻的教训，再加上我一再地叮嘱，父亲和母亲才懂得真的要为自己多着想着想，要攒点用来看病的"救命钱"了。印象之六，父亲是个勤于学习、爱好广泛的人。自从他和母亲移居呼和浩特后，便订阅了《内蒙古日报》《中国老年报》和《老年世界》等报刊。每天父亲都风雨无阻地从投递箱里将报纸和杂志取回，从头到尾地翻看。遇有重要的和感兴趣的文章，他还要剪裁并收集起来以备查阅。每当报纸和杂志上举办各类知识竞赛时，他都积极主动地参加，认认真真地答题。为此，父亲可没少"打扰"我，不是找我要相关资料，就是打电话或见面后向我问询。让他感到兴奋，也令我们感到佩服的是，父亲多次获奖不说，还得过一次比赛仅有的一等奖呢！有那么十来八年，父亲既搞集邮，又搞钱币收藏。我们这些子一辈、孙一辈的，无论谁手里有了稀罕的东西，都惦记着孝敬他老人家；而他呢，不管谁去家里，都要搬出他的宝贝供人欣赏，给人解说。印象之七，父亲还是个有着良好生活习惯的人。父亲有过吸烟的历史。记得在"文革"当中，我每次给他送饭都不忘给他带去满满的一烟荷包的旱烟。可"文革"一结束，他说戒就戒了，再没沾边儿。即使是有人给他递上名贵的香烟，他也没再吸上一口。父亲是个喜欢饮酒的人，逢年过节就不用说了，平素也独酌或对饮。但我从未见他喝多过，失态过。我也从未见父亲早上睡过懒觉，夜里熬过夜。他总是早起早睡，起来后便到街里走走，间或乘上公共汽车转悠，每天都要走上一两个小时，然后买好家里一天要吃的肉和菜，回到家里用早餐。从去年年底到今年5月，父亲得了一场大病，前后住了三次医院。最后那次住院，医生都下了病危通知，告诉我们说，他的生命不出一个月就要结束了。不管是谁，见了他那躺在病床上脸色发黑、骨瘦如柴、痛苦不堪的样子，都以为他无论如何也熬不过"鬼门关"了。然而，他却奇迹般地好转了过来，渐渐地康复了。出院回家后，他只用一两个月的时间，便又行走自如了，又过了一两个月，便又能独自一人走出家门，到大街上散步去了。前不久，他又捡起了早年的一个爱好，开始每天练习书法。

有好多人都说，父亲的生命之树之所以常青，之所以能够在年近 90 的高龄摆脱死神的纠缠，当然与遗传基因不无关系，但更重要的还是与他性格开朗，习惯良好，行善积德密不可分。我想，也与我的母亲纯朴、贤惠，与世无争关系密切。如今，我也是六十有余的人了，在我的记忆当中，父亲和母亲从来没有吵过架，没有闹过别扭。父亲那样好客、乐善好施，母亲从未说过一个"不"字，还总是给以正能量，同样热情地施以援手，真可谓"夫唱妇随"。母亲十分节俭。她这一辈子从未购买过、使用过上点档次的化妆品，从未穿戴过名牌服装、鞋帽，更没佩戴过价格不菲的首饰、头饰。我从未见过父亲和母亲家里有过什么奢侈品。尽管如此，母亲也从未抱怨过父亲对别人"大手大脚"，却不顾这个家。母亲与父亲同龄，两人自 20 岁结为伉俪相携走来，如今已是 68 个年头，早已过了金婚，真是一种莫大的缘分！真让我们这些子孙后代羡慕、敬仰，并引以为傲！"金无足赤，人无完人"，父亲也有不少缺点和毛病。比如说，他耿直与倔强的性格，从不同的角度来看，也是缺点与毛病。做人耿直与倔强，说话就容易让人难以接受，办事就会不那么灵活顺利；做人耿直与倔强，就容易得罪人，容易吃亏，甚至是吃大亏。还比如说，他待人热情、乐善好施是好事，但也要有个度，不能过分，不能不考虑自己的条件与承受能力。否则，到了自己需要帮助与支持的时候，不免就会尴尬。父亲因过于热情，那些年有求必应，经常打电话给我或索性带人来找我，帮助家乡人办事，给我添了不少麻烦，也对我的工作造成了一定的影响。我想，这也算是他的一个缺点与毛病吧。还有，父亲在子女教育方面，早年显得过于严肃，让人感觉是位严父；而近些年又显得过于宽松，让人感觉是位慈父，有时就让人觉得方法不尽得当，言语不够恰当。然而，我还是想说，瑕不掩瑜，父亲在我心中还是高尚的，伟岸的，值得我尊敬与爱戴的。

下面，我想讲一下关于父亲的这本自传、纪事以及家谱等方面的"文汇之书"形成过程的故事，以飨读者。记得早在20年前（即1995年前），父亲就有了编家谱的心愿，并开始收集资料。为此，父亲不管到哪儿去走亲戚，都要刨根问底地打问有关信息，并随时记录下来。他还翻阅过大量有关蒙古史等方面的历史文献。令人遗憾的是，这些文献记载都与我家的家史相距甚远而不得线索。但是，父亲或凭记忆，或借寻访，还是基本搞清了自他一代至上溯三代人的相关情况，也搞清了自他一代至下行三代人的情况，上下几代人累加在一起，便是十代人的情况。我在审读中认为，其中虽有不甚确切之处，但亦属个别，从总体上来看，还是符合实际的。父亲是从10年前即2005年开始思考并着手写自己的传记式的文字的。记得到了2012年的时候，他就基本写出了初稿拿给我看，并要我帮助他整理与修改，以便与家谱汇编在一起付梓。当时我浏览了一遍，觉得离出书还相距很远。而我因尚未退休，也难以抽出更多的时间完成父亲的嘱托与心愿，就答应他待我退休之后再给他帮这个忙。我是 2014 年的 10 月 1 日退休回家，成为一个闲人的。退休后，我首先便想到了给父亲许下的承诺，便开始投入较多的精力帮助父亲整理与修改起他的自传。实话实说，如果不是自己的父亲，如果不被他那种锲而不舍的精神所感动，如果不是想到为父亲做这件事既是孝敬他老人家也有利于家族与后人，我是不会啃这块硬骨头的。为了父亲的文字得以面世，我下了不少功夫。个中辛苦，不做陈述。虽然父亲这一生都是个微不足道的小人物，除了与持枪的劫匪搏斗过一次外，很少有过什么轰轰烈烈、动人心魄的举动。在工作当中，他多年从事乡村小学教师的职业，转职为机关公务员后，也没有创造过辉煌的业绩，但从一个侧面来看，他的自传可以说是他所处的历史时代的真实写照，反映了诸多历史时期生活在底层的人们的具体情况，也真实反映了一个家庭或者一个家族的历史变迁。所以，我认为父亲的这些文字，无论对于社会，还是对于我们自己，都是富有认识作用和传承意义的，而不是没用的谁也不愿意看的东西。父亲是个非常重视情与义的人。因而，在"家谱"和"纪事"两部分内容中，他还记述了一些并非亲属关系而是朋友关系的人与故事。比如说，在常胜居住过的陈瑞祥一家和依然住在新庙的陈氏家人。父亲一直是把他们视为同姓同宗的非常亲近的亲属对待的，尽管彼此之间没有血缘关系。为了理清一些亲友们的情况以及他们的动向，父亲专门写下了"纪事"部分，用以说明他在"自传"和"家谱"当中难以说明或说得不够的人与事。我觉得这也是很有必要的。读之，有的能给人以真、善、美的启迪与感染，有的则具有励志的作用，使人从中获益。

写到此，我觉得我的"序"也该收尾了。我想，还是让读者从父亲的文字中去认识父亲、了解父亲，认识和了解我们这个家族吧。

是为序。

2015 年 11 月 24 日

母亲，我爱您

　　昨天——2016年11月10日，是母亲的88岁华诞。依偎在母亲的床头，抚摸着母亲的手臂，凝视着母亲的面容，我不由得浮想联翩，感慨万端。五年前，春日里的一天，多年未曾晤面的大舅，在患过一场较为严重的心脑血管病后，经过千余公里的舟车劳顿，从农村老家来到了呼和浩特，一瘸一拐地站到了母亲的面前。当年，母亲已八十有三，见大舅成了这个样子，怎能不又喜又悲、急火

作者和父母在太原

攻心呢？记得没过三天，母亲便病倒而卧床不起了。送到医院后，经检查，母亲患了脑梗，很有可能会导致偏瘫。这可怎么办啊？无奈，父亲和我们这些至亲，只能祈祷苍天开恩行善，期望医生如神似仙，使母亲躲过此劫。然而，经过近一个月的治疗，母亲虽然能够下地，如先前一样行走了，却出现了失聪、失忆和失语这"三失"现象。就是说，母亲什么也听不到了，记不得了，更说不出什么来了。这可如何是好！我们只好再次祈求苍天，一再求助医生，并谨遵医嘱，由父亲日复一日地给以一字一句的耐心训练。我们都期盼着奇迹发生。然而，只有那么一两年，母亲时而好似清醒，时而明显糊涂；时而识得几句文字，时而不辨单词；时而尚能简单会话，时而竟又不能发音了。又过了那么一年半载的，母亲的病情就再也不见好转，且每况愈下。时至近日，连走几步路都要人又搀又架。

此情此景，真让人心如刀割。回望母亲走过的人生之路，想到她老人家历经的诸多磨难，有时我也想，母亲已经很顽强了！有谁不希冀自己的母亲健康长寿、万寿无疆呢？然而，有些事情是不以人的意志为转移的。面对风烛残年的母亲，在其88岁华诞到来之际，我想，是该写篇歌颂和赞美母亲的文章了。

十年前，母亲中学时代的一位老师担任主编，为一本名为《兴安女高》的书征稿，母亲应邀写了一篇题为《我读兴安女高》的文章，收到了那本书中。七年前，我写过一篇叫作

《读书，三代人的经历》的散文，发表在《内蒙古日报》上。我在帮助母亲整理她的那篇文章和写我的这篇文章的过程中，曾几次与母亲谈起她的家世与求学经历，这才对母亲过去的事情有了一些了解。

在东辽河南岸的辽宁省昌图县境内，有个叫王子屯的村庄。1928年11月10日，我的母亲就出生在这个村庄的一座深宅大院中，母亲的祖上原为满族人家，其远祖在清代曾担任过名为"扎兰"的朝廷命官。时至民国初年，为躲避战乱，才不得不将其族属改成了蒙古族。我的外祖父汉名叫关镇，蒙古名叫阿拉坦敖其尔，少时曾就读于乡间私塾和县城学堂，是在当地颇有文化素养的人。年方弱冠，他就赴内蒙古的科尔沁左翼后旗做了个小官。我只知外祖母姓包，不知其名。她是科尔沁左翼前旗（又称宾图王旗）王爷的后代，出身于贵族之家，书香门第。外祖父与外祖母成婚后，共育有三个女孩和两个男孩。除我二姨夭折于花季外，别人我都见过，有的还比较熟。对于母亲的家世，我也只能写出这些。因为在"以阶级斗争为纲"的氛围下，我是不敢与我的"地主姥爷"家接近的，更不敢询问他家的往事。

我在与母亲的几次交谈中得知，在她小的时候，昌图县和科尔沁左翼后旗一带，能够上学读书的孩子是非常少的。在那"重男轻女"的思想观念颇为严重的年代，女孩子能够上学读书，就更是稀罕的了，在全县、全旗范围内可以用"屈指可数"来描述。

　　母亲受其家庭影响，自幼耳濡目染，非常喜欢读书，期盼着早日能够接受启蒙教育。外祖父和外祖母知书达礼，也惦记着要给孩子们提供比较优越的就读条件。1935年秋，母亲随同父母迁居到了科尔沁左翼后旗当时的政府所在地吉尔嘎郎，第二年春天，外祖父就将母亲送进了吉尔嘎郎国民优级学校读书。说起来，我们那地方该有多么落后啊！这所学校是我们旗的第一所公办小学，1933年初建时只是个初级小学，1935年才改制为设有高年级的完全小学！最让人感到压抑、愤懑的是，当时，我国的东北和内蒙古的东部地区已被日本占领，这所小学的校长和一部分教师，竟然是着军服、挎洋刀的日本人！尽管如此，也得上学读书啊。母亲担惊受怕地在这所学校里一直读到小学毕业。由于当时"家事、国事、天下事"事事都不太平，都不顺利，母亲小学读了七年，15岁才小学毕业。这比我父亲还好多了，父亲16岁才读完小学。

　　那个年代，尤其是在我们那个地方，女孩子十五六岁结婚生子，是相当普遍的现象。而谁家的姑娘到了二十来岁还没找上对象，还没嫁人，就会被人或嘲笑，或辱骂，或另眼相看了。母亲却对此不管不顾，也不怕，她还想读书，想读书后在旗里当老师，让更多的贫苦人家的孩子有学上，有书读。当时，科尔沁左翼后旗还没有一所中学，母亲只能远离父母和家乡，到几百公里外，交通十分不便的王爷庙，也即如今的乌兰浩特市，去读兴安女子国民高等学校。这所学校简称兴安女高，是一所女子中学，学制四年，初中和高中连读。学校在培养学生掌握中学程度的文化知识之外，还教学生一些农牧业生产和家庭生活等方面的知识。母亲毅然决然地报考了这所学校，并以高分被录取。当年，考取这所学校的科尔沁左翼后旗考生只有两名，除她之外，另外一位是旗长的女儿。

入学之后母亲才知道，这所学校的条件相当差。学校只有五栋砖瓦平房，连院墙也没有；住的是土炕，常没柴烧；吃的方面，主食皆为粗粮，每顿只有二两，副食就是素菜、素汤，或者是咸菜；学校经常不能正常上课，而让学生去参加义务劳动；学校的校长和部分教师是日本人，凶巴巴的，让人胆战心惊。所有这些，对于自幼生长在富贵人家，人称"三小姐"的母亲来说，其落差该有多大，得需要多大的勇气和耐力才能适应？然而，母亲不仅都忍受了，适应了，而且还在学习、劳动以及体育等各方面都获得了佳绩，受到了老师和同学们的赞扬。

到了 1948 年，母亲迎来了双喜临门：一是经人介绍，于那年春天认识了我的父亲，二人同庚，都识文断字，相恋不久便喜结良缘；二是经人推荐，她于那年秋季当上了小学教师，从而实现了童年的梦想。

梦想实现了，母亲便不遗余力地投入工作与生活中。这里暂且不说，还是先说说她在学习方面所进行的新的攀登吧。

1958 年，是我家颇为坎坷的一年。那年春节，父亲和母亲是在旗里举办的"反右学习班"上度过的。这还不算什么，最让人不堪忍受的是，父亲受到一些人的无情打击、无限上纲后，竟被打成了"右派分子"。而此时，我的祖父和祖母正在远方一个叫散都的小村，带着只有 4 岁的我和 2 岁的妹妹，期盼着他们早日归来，同时还惦念着相距也有百余公里远的我的曾祖父和曾祖母，以及那年也只有 7 岁的我的哥哥。真是祸不单行，由于操劳过度，再加上家里各方面生活条件都不好，祖母不幸染上了伤寒病，没等到她的独生子归来，见上最后一眼，便中年早逝了。

那个年代个别领导有些缺少人情味。我家遭遇到了那样的悲剧，却不被顾及，更不被同情。到了暑期，旗教育局和学校的个别领导一合计，说我母亲符合条件，便决定让我母亲到通辽师范学校去学习两年。祖母没了，祖父有病，曾祖母和曾祖父年迈，而我们仨都那么小，母亲却要去上学，家里该咋办啊？父亲急得气不打一处来，想找领导去"理论理论"，母亲怕父亲再吃亏，只能让父亲平静下来，与她商量对策。商量来商量去，两个人只能做出这样的方案：由母亲带上我哥去通辽，将哥哥寄养在我四姨家，到她家附近的小学去上学；再就是请曾祖父和曾祖母把他们自家的财物做简单处理后，搬到散都来，过四世同堂的日子。他们的这个打算得到了全家人的理解与支持。于是，父亲将曾祖父和曾祖母以及我哥都接到了散都，由三位老人照看我和妹妹并料理家务，母亲就带上哥哥乘上一辆马车走了。

母亲就是那样离开家人，开始新的读书岁月的。我想，换作别人，是很难做到的。母亲不仅做到了，而且做得很好。她深知，这次学习机会虽然来得容易，但能够坐到教室里读书学习也很难得。因而，更应该争分夺秒、孜孜不倦地学习。于是，她很快便抛开了思念亲人，尤其是两个幼小子女的烦恼，集中精力，投入学习之中。很快，她的各科学习成绩都名列前茅。一年后，母亲感觉哥哥在通辽上学与生活对谁都十分不便，便将哥哥又带了回去，留给了家人照顾。自此，母亲就更加专注于学习了。功夫不负有心人。两年学习结束时，母亲顺利完成了学习任务，并获得了中等师范学校毕业文凭。

在那个年代，中专和大学毕业的人是很少的，母亲能够克服那么多的困难，坚持不懈，刻苦学习，实属难能可贵，令人敬佩。

二

我是从六七岁开始记事的。那时我家搬到了常胜村，父亲和母亲在常胜小学任教。

打我记事起，直到"文革"初祖父离世，我家都是四世同堂九口人。

　　打我记事起，我家就是家徒四壁，一贫如洗，日子过得捉襟见肘，年复一年也不见好转。

　　打我记事起，直到我长大成人，飘游在外，父亲和母亲两人的月收入之和都定格在 100 元这个数字上。所以，我家的人均收入多年就停留在 11.1 元的水平上。虽然那个年代职工的收入都不多，但像我家人均收入这么低的还是很少的。

　　打我记事起，好多农户过得都比我家好。农户有自己的房屋，有自留地，还有牛啊，驴啊，猪啊，鸡啊什么的；而我家是农村当中的城镇户，住的是公社的一间半破土房，就是两家住了三间房，吃的是粮站供应的商品粮，真真切切是"房无一间，地无一垄"。在我的记忆中，农户家的孩子，常有烤红薯、烧土豆之类的好吃的拿出来吃，还在我眼前显摆，而我却只能眼巴巴地看着，或是干脆躲开。有一件事留给我的记忆最为深刻，也最为悲哀。那是在我曾祖父 80 岁那年夏日里的一天，他老人家向他的孙子和孙媳提出："好长时间没吃肉了，能不能少买一点儿，喝点儿鲜亮儿的肉汤也行啊！"如今想来，这么点愿望还不好让他满足吗？可那时候村里人若不是过大年，是很少有杀猪的。记得那年又赶上闹鸡瘟，村里的鸡几乎都死绝了。结果，母亲，还有我们兄妹几个，跑出去好多趟，把整个村子都打听遍了，也没寻到个杀猪的或者是卖鸡的。不光是曾祖父，我们一家人也都大失所望。

　　父亲和母亲天生性情开朗，皆属"乐天派"。然而，自我的祖母去世后，家里有三位老人，又新增了我的小弟，人口多，收入少，这日子该怎么过呢？再乐观的人也会愁眉不展的。尤其是我的母亲，她是家里的"现金出纳"，又是"会计"，这个家可是不好当。"巧妇难为无米之炊"，母亲对这句俗语的感受与理解想必是最为深刻的。

"日子不好过，也得过啊！日子不好过，也得想办法过啊！"这是母亲当年常说的话。

俗话说，榜样的力量是无穷的。母亲总是以身作则、克勤克俭，不知疲倦地忙这忙那，是个闲不住的人。

几十年过去了，我还清晰地记得，我小的时候，全家人穿的衣服和鞋子，还有铺的、盖的、枕的，很少有买现成的，几乎都是母亲在我曾祖母的帮助下，一剪一剪地剪裁，一针一针地缝缀。其中，又多为以旧翻新，补丁摞补丁做成的。在母亲和曾祖母的影响下，连当时只有十二三岁，还是个男孩的我，也都学会了缝补衣服和鞋子、袜子，还学会了拆洗被褥并缝好，以至于后来我离家在外，读中学，当知青，上大学期间，还帮他人做过被子呢！母亲也不知是何时学会的纺制毛线，用来织毛衣、毛裤、毛袜、毛手套等各种衣物，记得我没少帮助母亲递毛缠线。虽然母亲织出的东西因毛质不好，穿起来并不舒服，但我们兄妹几个却都乐意穿戴给别人看，因为母亲不仅织得纹路细密，而且样式也新颖美观。让我难以忘怀的一件事是，到了1970年的春天，我家的日子好过了些的时候，母亲曾为我们兄妹几个各织了一件用新潮的腈纶线织的毛衣，我的那件是套头式的，天蓝色。当时我在生产队里干着送粪之类的农活儿，喜欢臭美的我，竟然没穿外罩，将那件毛衣露在外头，穿了十几天才算作罢。

由于母亲上课忙，备课忙，批改作业忙，有时参加政治学习也忙，所以，有好多年，家里的做饭、喂猪等家务活就多由曾祖母承担，我们兄妹几个帮忙。但母亲每逢有休息日，都常常自己动手，为一家人改善伙食，不是包饺子，就是烙馅饼。没有肉就做素馅的。母亲最拿手的是烙馅饼。她烙的馅饼不仅皮薄不露馅，火候也掌握得好，烙得不糊不硬特别软和，让人经久不忘。那时候，我家人口多，且平日里很难吃到好吃的，因此，每当包饺子的时候，剁馅就要剁好大一盆，要包好几大盖帘。到了包的时候，全家的大人都要动手。即便如此，母亲也不嫌麻烦，不怕累。而到了吃的时候，她却总是最后一个伸手动筷子。为了以粗粮代细粮，吃点菜合子、菜包子什么的，母亲还常常带领我们去碾玉米、高粱米或黏米。别人家有毛驴儿，我家没有，我们就抱着碾杆儿推碾子。

"锄禾日当午，汗滴禾下土。谁知盘中餐，粒粒皆辛苦。""春种一粒粟，秋收万颗子。四海无闲田，农夫犹饿死。"这两首诗是母亲在我牙牙学语之时就教会我的。她不仅让我们早早就懂得了诗意，还一再引导我们如何节约粮食，以至于时至今日，我也不敢倒掉剩饭，不敢浪费一粒米。

虽然那时经济拮据，生活艰苦，让人格外烦恼的事情也接连不断，却从没见母亲与父亲吵过架，发过脾气，更没见她与长辈闹过别扭，变过脸子。乡里近邻的，没有不称赞母亲是贤妻良母的，没有不夸奖她是孝顺之人的。

母亲虽然勤俭持家，但她待人毫不吝啬。无论是包饺子，还是烙馅饼，她宁可自己不够吃，也要给对门的邻居端过一碗或一盘去。做好吃的时候，遇有同事或村民来串门，她无论如何也要连说带拽地将人留下，让人吃了再走。那时候，村里人普遍都穷，有人穷得实在没办法了，还向她借钱。她再窘迫，也要借给人家两块三块的。有人迟迟不还，或干脆不还了，她也不去问问，更不讨要。久而久之，母亲便有了热情和大方的名声。她和父亲调到旗里工作后，由于父亲负责落实有关平反等方面的具体工作，常有人到家里去找他申冤诉苦，要求帮助解决这样那样的问题。母亲总是热情地迎来送往不说，还常常不辞辛苦地招待人们在家里吃饭。

母亲还像父亲一样，乐于助人。她在常胜时常给邻居理发，在学校也常给本班和其他班的学生理发。人们都说她心善，像雷锋。

母亲在当时的处境中，能展现出那样的嘉言懿行和大德宏范，实属出类拔萃，令人尊敬！

三

母亲有着较为深厚的专业知识和文化修养，是一位称职的、合格的小学教师。她深知基础教育的重要性，也深知智力与能力必须同步发展。母亲的一生为教育事业做出了积极的贡献。

母亲离职休养后，曾对自己从教 38 年的有关情况做过回顾与总结。她说，38 年当中，有千余名学生接受过她这名园丁的修剪与灌溉。其中大部分农村牧区的孩子长大成人后，留在了科尔沁沙地，成了有一定文化知识的新型农牧民，为当地的生产建设做出了很大贡献；也有少部分同学通过努力，或参军，或考取了大中专院校，毕业后走向了全国各地，在各行各业上做出了喜人的成绩。由于受年龄等方面的制约，她也不方便对一些具体情况做调查，也就难以介绍同学们的具体事迹了，不能不说是她的一大遗憾。

但我曾经也是她的学生，我完全可以以自己为例，谈谈母亲在教育理念、方法等方面的一些情况，以及获得的成果。

小学一至三年级的时候，母亲是我的班主任，小学五至六年级的时候，父亲是我的班主任。50 多年过去了，好多事情我依然记忆犹新。我的父母，特别是母亲，在我人生的基础教育阶段，对我的引导与塑造，真让我受益终生。

我刚上小学的时候非常淘气，应当说非常顽皮。记得是1960 年的秋天，我刚刚 6 岁，如果在家玩，家里的老人们负担过重，如果上学，还不足上学年龄。怎么办？母亲只好将我带到学校，放在她当班主任的一年级，当班里的旁听生。我这个旁听生还挺认真，挺爱学习。记得到了那年冬天，有一天下午，恰值母亲给我们上算术课，有个个子挺高的男生，坐在我前面，挡住了我的视线，使我很难看到黑板上写的算术题。我先是用手捅了那个男生的后背一下，让他躲一躲。他不但不躲，还故意挺了挺腰，抻了抻脖子。这下子可气坏了我。我捡起放在我左脚旁的炉钩子，一下子就朝那个男生的后脑勺刨了过去，那个男生当即"哎呀，哎呀"地叫了起来。这下子可坏了，同学们的脸马上都朝向了我俩，母亲也快步朝我们走了过来。"怎么了？"母亲问道。那个男生回头指着我说："他打我！"母亲不由分说，将我拽了起来，让我站到了教室的最后面。然后走到讲台上，在全班同学面前批评我说："打人是不对的，是错误行为。如果再有此类行为，就不要来学校了。"那天放学后，母亲回到家，既没训斥我，也没打我，而是耐心地给我讲了好多道理，使我认识到自己的错误。第二天一早，我见到那个男生后，主动向他道了歉，得到了他的原谅。母亲每遇我调皮捣蛋后，总是循循善诱地给我讲道理，而不是压服我。记得母亲对我讲的最多的话是，我在学校学习好，劳动好，和同学们团结得好，她，还有父亲，才能理直气壮地去管其他同学，才能管好。不然，人家就会说，"自己的儿子都管不好，还管别人呢？"我一想，确实有道理，就再也不敢惹事了。不但不惹事，各方面都积极带头，给父母争气。很快，我这个旁听生就超越了多数学生。到后来，不仅随着班级读了下去，还成了少先队的大队委员。

从1971年秋季开始，我为求学，离开了父母，离开了家，漂泊到了外地，先是读中学，接着是打工，之后又插队当知青，继而又上大学，一直到大学毕业，才算稳定下来。在那通信手段极为落后的年代，人们互相之间联系主要靠写信。家里人给我写信最多的就是母亲。

我在金宝屯中学读书期间，母亲知道我酷爱读书，写信从不过多地询问我的学习情况，更不说勉励之类的话。她知道我在生活上节俭，就总是每月按时给我寄去 10 元钱的生活费，还总是问我钱够不够花，要我有困难及时告知。她知道学校里的伙食不好，信中常嘱咐我到商店买些面包什么的改善改善。她告诫我最多的一句话就是"身体是革命的本钱"，要我一定要搞好身体。

我在金宝屯小镇上打工的时候，是我人生之路上一段十分苦闷、迷茫的时期。母亲在信中写的最多的话就是，要我坚定信心，勇往直前，相信未来。她从不过问我的工资收入，更不管我要钱，她知道自己的儿子离家在外困难重重。

后来我插队到农村，成了一名知青。母亲知道农村生活艰苦，劳动强度大，而我又争强好胜，总想干出个"人样"来，难免拼死拼活，不顾个人安危，每次写信依然是要我"最重要的是要保重身体健康，保证不出事故！"她还常常教导我说："人不学，要落后。"要我有空还要多看点书，多增加点精神养料，多掌握点科学文化知识。

1977 年恢复高考之际，母亲一再写信鼓励我说，机会难得，让我一定要试试。她说我有一定基础，一次不行，还可再试。如今想来，我一考即中，与母亲的鼓励不无关系，与她和父亲多年的谆谆教诲密不可分，更与他们在启蒙阶段，对我的引导与塑造关系极大。

读大学的时候，我总兴奋地给家里写信报告我的所见所闻以及学习情况。母亲也像我一样，回信的笔调也变得欢快了起来，因为我们家那几年真是好事连连，喜事频频。不仅父亲调到了旗里工作，母亲也凭她的综合素质和名声，调到了旗教师进修学校。那可是为提高全旗教师素质而开办的学校啊！我真替她高兴。另一件喜事是，1980年秋，弟弟不负众望，考上了自治区的一所本科大学。在那个年代，一家能有两个孩子考上大学，是非常少见的。

我读小学的时候，母亲就常说："知识改变命运，读书创造辉煌。"母亲的话应验了。我大学毕业后，分配到了内蒙古政府机关工作，又调到了党委机关工作，后来还在自治区国有大型企业和出版单位工作过。工作期间，我走上了副厅级领导岗位，入选为内蒙古作协会员和中国作协会员，并被评定为高级政工师和编审职称。弟弟大学毕业后进入自治区外贸单位工作。

啊，母亲，您这一生最喜欢的是"人民教师"这一称呼。我想，您是最合格，最称职，也是最优秀，最成功的人民教师！您以辛勤的劳动和丰富的知识，让那么多的农牧民子弟获得了知识，也让自己的子女获得了成功，超越了自己！因此，我要赞美您，虽然一生平凡，却是一位伟大的母亲！

四

母亲是非常热爱生活的。

年轻的时候，母亲最开心的事是带着她的学生去远足踏青。在嫩绿的草地上，在清澈的湖水旁，她和孩子们一样，尽情地采摘那些或蓝，或黄，或红，或紫的小花，欢快地捕捉那些蹦蹦跳跳、飞来飞去的蚂蚱、螳螂、蝈蝈……

五十岁后，母亲喜欢绣花。至今，我和妻子还珍藏着结婚时母亲为我们绣的一个门帘。那是用一块一米见方的白布为底绣成的，图形为一株红梅和一对相向而立的一蓝一绿的小鸟。

离休以后，母亲喜欢养花养草。在她家，无论是窗台还是阳台上，摆放最多的就是花草。那些花儿，一年四季都有盛开的；那些小草，春夏秋冬都是绿绿的。不管谁登她家门，都喜欢欣赏那些花卉，母亲也喜欢向人介绍。

母亲年轻的时候喜欢看小说，我小时候看过的《青春之歌》《三家巷》《暴风骤雨》《红日》《红岩》等，都是母亲读师范时买的。母亲年老了以后喜欢看电视剧，那些有名气的演员的名字她都能叫得出。

母亲还喜欢逛街，喜欢溜达。来呼和浩特后，她用离休证办过一张老年卡免费乘坐公共汽车。青城的大街小巷、广场公园、旅游景点，她几乎都去看过，对好多情况比我还清楚。她也喜欢购物、采买。哪儿的蔬菜便宜，哪儿的衣服漂亮，哪儿的水果新鲜，哪儿的鞋子结实，哪儿的鱼虾实惠，她都心里有数，一说即知。母亲也乐于旅游。以前，她去过沈阳、长春、天津、北京等大城市。退休后，她曾与父亲一同重归故里，去过王子屯，也到过我大舅、老舅等一些亲属居住的农村，还曾游历过包头、鄂尔多斯等地的旅游景点。令人不胜遗憾的时，由于"文革"致残，母亲的双腿不到八旬便失去了轻松行走的能力，她的许多出行愿望便都化作了泡影。

也许是教师出身的关系，母亲和父亲一样，都喜欢儿孙绕膝，吃喝玩乐的场景。有那么十几年，每逢周日和节假日，我们兄妹几个都会挈妇将雏地到父母家吃喝玩乐。有谁去得晚，或因事未"请假"而不见踪影，二老必有其一，便打电话催促或询问。近几年，母亲虽然体力不支了，但也喜欢有人去看她，在她家吃喝。

母亲就是这样一位热爱生活，也会生活的人。母亲在已近九旬的人生旅途上，饱经风霜雨雪，却一直保持了对生活的热爱，这是值得称颂的！

啊，母亲！假如您的身体状况如父亲一样就好了。父亲进入耄耋之年后，还曾游历过深圳、香港，到过蒙古国和日本，父亲前年还撰写了他的自传，如今还能外出行走和购物。

啊，母亲！假如您能行走自如该多好。您的两个孙女——

我的两个女儿，一个从中科院博士毕业后，又做完了人民大学的博士后，已经留在了京城工作；一个从川大读完了硕士，在成都安了家，又考取了北大的博士，明年就要按时毕业。您的孙子——我弟弟的儿子，从英国诺丁汉大学硕士毕业后回国，就职于北京一家央企。您的孙一辈，有当医生的，有当记者的，有当个体工商业者的，有搞财务的，有搞金融的，有在政府机关当公务员的，也有在电力和电信企业工作的，真是五行八作，各有所长。不仅如此，他们当中有的已在北京、海南、成都等地购置了住房，日子过得相当不错。我想，您如果行走自如的话，一定想去走走看看，体验体验首都和南国的生活的。

母亲平生最喜欢花儿。因此，在她 88 岁大寿之际，我想到了要写写她，赞美、歌颂一下我的母亲，今天写完了此文，权作一束鲜艳的小花，献给我可敬可爱的母亲！

我的母亲汉姓关，名彩云，蒙古名为哈森格日乐，汉意为"玉光"。我想，母亲就像草原上风雨过后，悬挂在天边的彩云一样夺目迷人！就像刚从矿山深处采掘出的美玉一样玲珑剔透！母亲年轻时，站在孩子们当中，在我的眼里是那样的漂亮、美丽。她个头不高，有一米五五左右，身材适中；头上留着齐肩的黑黑的短发，用几个发卡别着，显得格外整齐；鼻梁高，耳朵大，嘴唇薄，眼睛不算大，也不算小，是单眼皮，但眉清目秀、双眸炯然。这些也是她有别于他人的特点。母亲常常微笑，给人以慈祥宽厚、平易近人的感觉。母亲走起路来习惯背手，给人以文雅、沉稳的印象。母亲老了后，变得满头白发，一脸细纹，但她依旧是笑脸常开，目光有神，让人倍感亲切。因此，在我的心目中，母亲永远是最美的！

　　啊，母亲，我爱您！妈，娘，我爱您！

2016 年 11 月 22 日

缅怀父亲

　　2016 年 12 月 16 日，是我这一生最最遗憾的日子。这天上午 10 时 30 分左右，我还在北京与父亲通过电话，告知他老人家，我晚上 10 时许即可回到呼市。然而，何曾料想，当天下午我在火车上竟相继收到了父亲家中的护工和妹妹打给我的电话，说父亲在家里摔了一跤，摔得很重，已送至医院救治。心急如焚的我，此后给妹妹打过六次电话，询问父亲的状况，回答皆为不佳或危险，令我恨不得将火车变成飞机，即刻便能回到呼市。然而，幻想毕竟不会变成现实。待我下车赶到医院后，看到的父亲竟然是头枕血水、昏迷不醒的人了。这可怎么办啊？无奈，我只能默默地向苍天祈祷，保佑我的父亲吧，让他早日恢复健康，好让我再与他促膝相谈，再给他老人家跑腿办事。然而，苍天也无能为力了！六天前我与他的辞别，竟成了永别！几天来，我一直不相信这是真的，总以为这不是真的！因为 10 天前我还陪着父亲徒步行进到医院去找阿大夫，开过诊断证明和一些药品；20 天前我还伴着父亲打车到长乐宫买过棉袄；记得也在那几天，他还和我谈过今、明两年他要做的几件大事。父亲不仅耳不聋，眼不花，手不抖，而且头脑清晰，记忆力也好，只是走路不如以前那么轻便了。我总以为他一定会成为百岁老人的，起码在三两年内不会出现大的问题。然而，父亲却这样急匆匆地驾鹤西去了，都没来得及和我们说上几句道别的话。几天来，尽管有不少亲朋好友劝导我，安慰我，说他毕竟是九旬高寿的人了，临走前也没遭什么罪，是有福气的人。可我却总是难以接受这些话语，总是不相信父亲就这样离我而去了。

父亲在日本

关于父亲，他的为人，他的才能，他的遭遇，在父亲的著作《自传·家谱·纪实》中，也在我为该书所作的序言里，有过诸多诚恳的评价，但我还是觉得远远不够。正如父亲的生前好友、老同学陶高叔所言："你父亲可不是个简单的人，他这一生是为老百姓做过许多好事的，是受到人民群众赞誉和爱戴的！"父亲，您的在天之灵听到了吗？您在许许多多的人的心目中是高尚的，伟岸的！无须儿子在这里多说，人们是有公论的。

父亲，您是个在人生路上一直富有激情的人。尽管您早已步入了耄耋之年，但您依然热爱生活，有着好多愿望与打算。当然，也有担忧。前不久，您都和我说过，嘱咐过。其中，我觉得您最忧虑的，也最放心不下的是，您走之后，我们兄妹四个的母亲——已经失去自理能力的母亲，该由谁多加照顾的问题。我想在此向您保证，我们一定会齐心协力地承担起我们做子女的责任和义务，一定不会辜负您的教诲与期望，一定会让您的在天之灵感到满意与欣慰。

父亲，您在近90载的人生之路上，早年遭遇了那么多的曲折与坎坷，到了晚年总算是比较顺利了，但还是习惯操心多虑，时至今日您该好好休息休息了。您安息吧！

最后，我谨代表我的母亲和所有家人，向今天前来参加我父亲遗体告别仪式的各位亲朋好友表示诚挚的感谢！对以各种方式向我父亲表示悼念之情的各位亲朋好友和单位致以谢意！

2016 年 12 月 22 日

挽歌一曲祭双亲

今年 12 月 18 日，是父亲辞世一周年的祭日。近些天来，父亲和母亲的音容笑貌不时浮现在我的眼前，呈现于我的梦境之中。我想，我该写一首挽歌，奉献给他们的魂灵。

—

那是个寒风凛冽的冬日，
那是个月色昏暗的夜晚，
故事的主人公是我的父亲，
故事发生在科尔沁草原。
草原上三个人赶着两峰骆驼，
驼背上的物品有如两座小山。
这一天他们已走了七八十里，

直走得腰酸腿疼步履蹒跚。

这一天他们还没享用晚餐，

直走得又饥又渴肠呼胃唤。

但他们决意抵达终点，

还在奋力行走，不懈向前。

然而，就在此时此刻，

两个魔鬼般的身影一闪一现。

一个家伙吼了声"不许动"，

"啪啪"地甩响了手握的皮鞭；

另一个家伙则叫了句"妈的"，

亮出一把手枪指向苍天。

这不是遇上劫匪了吗？

若是抢走了咱送的公粮该咋办？

危急时刻，

父亲沉着冷静，英勇果敢，

瞅准时机便率先出击，

飞起一脚绊倒持枪的凶犯！

不仅绊丢了那家伙的枪支，

还绊得他四肢触地，不得翻转！

说时迟，那时快，

父亲又跨其腰间挥起铁拳！

然而，另一土匪却向父亲挥动了皮鞭，

好在父亲的一个伙伴也操起了鞭杆……

经过一番惊心动魄的战斗，

两个土匪终于败逃而去，踪影不见……

这个故事过去了六七十年，

三年前父亲重述，依然豪兴不减。

我从父亲的讲述中，

真切感受到他的机智、顽强与勇敢。

我从父亲的表情上，

看出他不愧为顶天立地的男子汉！

啊，父亲，我可敬可爱的父亲，

您永远是我心中一座巍峨的高山！

二

有人把教师比作蜡烛，

说蜡烛燃烧自己，照亮他人；

有人把教师比作园丁，

说园丁勤勤恳恳，认认真真；

有人把教师比作灵魂工程师，

说灵魂工程师传授知识、塑造人品。

我的父母都曾这样被人赞颂，

他们都曾为乡村教育奉献三十多个冬春。

我不仅是他们亲亲的儿子，

他们都还是我小学时的班主任。

因而，我对他们有着更多的了解，

我对那些赞颂感受得深而又深。

晨起，我总看不到他们离家的身影，

晚睡，我也盼不来他们归来的声音。

周日，他们还要去学校备课，

假期，他们也要去开会、讨论……

别人家的孩子很少有谁背过柴火，

我从八九岁起便砍蒿割草，捡拾牛粪；

别人家的孩子很少有谁担过水桶，

我从三年级起就日日担水，步态不稳；

农户家有毛驴推碾子拉磨，

我们兄妹那时只能抱着碾杆艰难行进。

生活的困苦也曾让我对他们心生责怪，

儿时的磨难也曾让我埋怨过父亲母亲。

等我长大后才渐渐明白，

时代使然，

更由于他们怀有强烈的敬业精神！

那时，他们不仅社会地位低微，

家庭收入也少得可怜！

啊，我的父亲母亲啊，

我可敬可爱的双亲，

你们无愧于他人的赞美，

也无愧于自己的良心!

无论是天真活泼的少儿时代,

还是如今步入了老年,

我总一次次听到,

多少人亲切地叫你们"老师"!

我总一回回看到,

多少人尊敬地向你们敬队礼!

啊,值了,这是对你们的最好报答,

啊,够了,这是对你们的最大谢忱!

对了,还有我这个儿子呢,

我的成功肯定离不开你们的耕耘!

靠着你们的影响与助力,

我才得以不断走向自信。

靠着你们的鞭策与激励,

我才得以改变自己与家人的命运!

啊,我可敬可爱的父亲母亲,

成功和胜利都属于真诚而善良的你们!

三

那是最令人亢奋的一年,

那是最让人难忘的一年。

那一年，祖国响起了改革开放的春雷，

那一年，咱家发生了翻天覆地的巨变！

且不说儿子我如梦似幻哟，

跨进了大学校园；

老爸你也如梦似幻哟，

调入了旗府机关！

想必是你表现不凡而被举荐，

也定因你处事公道而被遴选，

为"文革"中受害者平反昭雪，

你成了"落实政策办公室"的一员！

有着类似的经历，

上访者是职工，是居民，你都不厌其烦；

有着共同的感受，

伤残人是农民，是牧人，你都不躲不嫌。

听着他们滔滔不绝的述说，

你常常误了吃饭或睡觉；

面对他们哭天抹泪的倾诉，

泪水也常常湿了你的双眼。

有的人身无分文，

你就领回家用餐。

有的人行走不便，

你就用自行车送到旅店。

后来你成了民政干部，

终日里还是那么忙乱。

日复一日地操心，

年复一年地苦干，

那些年，你抚慰了多少受伤的心，

那些年，你为多少人解决了实际困难！

虽然个人的权力有限，

也有人对你流露过不满。

但我之所闻所见，

大多是对你的钦佩、赞扬和怀念！

不是因为我是你的儿子，

才这样为你点赞，

我曾从多种渠道、多个场合，

获知并感受到家乡人对你的美好评断。

作为科级机构中的一名环节干部，

你是国家体制中微不足道的一员，

却赢得了百姓那么好的口碑，

不能不说你平凡而伟大，伟大而平凡！

啊，父亲，我可敬可爱的父亲，

你是一首意境优美的诗篇！

每每读起，我都思绪绵绵，浮想联翩，

每每读起，我都倍感亲切，无限怀恋！

四

思绪绵绵，我便把父母的旧居思念，
浮想联翩，他们的形象总是出现在我眼前。
想起和他们在一起的情景就倍感亲切，
念及他们的慈爱就热泪潸然！
为使离休后的二老能安度晚年，
二十五年前我把他们迎到了身边。
至此，我们一大家子都聚集到了青城，
打那，我更加品味到了父爱母爱的甘甜。
儿孙绕膝是他们最喜爱的场景，
对酒当歌是他们最乐见的画面。
炒菜做饭他们不辞辛苦，
买这买那他们不怕花钱。
周六周日是他们平时的念想，
过年过节是他们老早的期盼。
哪个孩子的生日他们都一清二楚，
有谁忘了他们的寿辰却不以为然。
哪个孩子需要资助他们都伸出援手，
从不考虑能否知恩图报，给以返还。
啊，我的老爸老妈，
难怪有"可怜天下父母心"这句名言！

啊，我的老爹老娘，

写到此，我不禁百感交集，泪水涟涟！

五

有着老爸的基因遗传，

更有他对我的耳濡目染，

也许还因我早遇坎坷吧，

小时候我便忘了眼泪是酸是咸。

然而从去年父亲弥留之日起，

到他的灵魂直上九天，

在那短短的几天之内啊，

泪水竟如狂泄的山洪不停涌出我的双眼，

泪奔，不停地泪奔，

也难以表达我对他的深切留恋！

尽管有人说父亲已年高九旬，

属于福大之人、高寿之范；

尽管有人说他活得够本了，

又多活了两年三年。

我也不能苟同这些说法，

因为几天前我们还一起逛过商店。

何况他的生命力那么顽强，

他的健康状况并无异常表现。

然而，老爸啊老爸，你都没有与我们作别，

就匆匆地走了，走得多么令人遗憾！

啊，老爸啊老爸，

你走后，我妈以为你丢了，

便寻觅，便追赶，

四个月后也随你而去，

去另一个世界和你团圆！

"爹没了，娘没了，家也就没了。"

残酷的现实让我成了孤寂的大雁。

我漫无边际地飞啊飞啊，

飞得好累好累，飞得好远好远……

如今飞来京城，

得以歇息休闲，

时逢吾父周年祭日将至，

我啊，怎能不昼思夜想，眷念无限，

昼思夜想啊，无限眷念，

化作这祭文一篇！

我要伴一束鲜花，

一并献于二老墓前。

祈祷吾父吾母灵在九天吉祥顺遂，

祝愿吾母吾父魂于九泉宁静平安。

2017 年 12 月 4 日

追思香莲

　　今天，我们怀着无比悲痛的心情，在这里举行我们可亲可爱的亲人敖香莲的遗体告别仪式。我的妻妹香莲因病抢救无效，于 2017 年元月 24 日下午 18 时 53 分不幸离世，享年52 岁。

　　香莲于 1965 年 5 月 4 日出生在内蒙古通辽市科尔沁左翼后旗一个蒙古族干部家庭，自幼即受到了良好的家庭影响和学校教育。1984 年秋，她投亲来到了呼和浩特，先是在土默特学校读书，高中毕业后曾在内蒙古第二毛纺厂、呼百大南街百货商店、新城南街百货商店和呼和浩特医药公司门市部工作。2000 年企业破产后，曾创建个体药店，经营八年之久，直至身体难以支撑方告停业。

　　香莲是个非常热爱学习，热爱工作，热爱生活的人。在校读书期间，她酷爱文学和历史，读过许多中外名著，文科成绩特别突出。遗憾的是，由于偏科，她未能实现大学梦。但离开

香莲母女和作者的妻子

校园 30 年来，她都不改初心，一直热衷于文学作品的阅读和历史知识的学习。她总是在平凡的工作岗位上，勤勤恳恳、兢兢业业、默默无闻地做着积极的奉献，从未出现过什么差错或失误，从未给我这个推荐她走上工作岗位的姐夫丢过脸，抹过黑。然而，令我们这些亲人都感到莫大遗憾的是，就在她对未来充满了美好的遐想与向往之际，万恶的病魔给了她无情的一击，2000 年底，由于肾衰竭，她不得不住进了解放军 309 医院，并于第二年的元月 20 日做了肾移植手术。当时她只有 35岁，还那么的年轻。命运怎么对她这么不公！然而，我们的香莲虽然是个弱女子，又是患了重病的病人，却如鲁迅先生所云：真的勇士，敢于直面惨烈的人生！在接连而至的下岗失业和婚姻破裂等一重重常人难以承受的无情打击朝她猛然袭了过来的情况下，她不仅没有绝望，没有抑郁，更没有倒下，反而自强自立，不向国家伸手，不给亲友增负，在下岗失业失去了经济来源时，经营起了一家药店，从而解决了自己治病以及生活上的巨大困难。香莲，你从来不把自己当成个病人。在你刚刚做完手术后的几年间，你和常人一样站柜台，进药品；在你的病情转危后，你依然是那样地坚持又坚持，直至再也不能坚持为止。

香莲，你是我们这些亲人中最为勇敢坚强的人。勇敢得实在让人敬佩！坚强得格外令人心疼！从做换肾手术算起，整整16年了，整整16年啊，你是怎样坚持过来的呢？你是怎样抗争过来的呢？若不是你的勇敢与坚强，若不是你对生活的热爱与向往，我想，是很难度过这16年的。

香莲的一生，也是追求真善美的一生。我从没听她说过一句假话，从没见她骗过一回人。她为人善良。尽管自己是个弱者，却还总是想着帮助别人。近年来，她信奉佛教，着实达到了虔诚的境界。她生来就面容秀美，身材姣好，又心胸开朗，笑口常开，心灵纯洁完美，真让人倍感完美无瑕。此言并非言过其实。有她家悬挂的年轻时宛若电影明星的写真为证，更有她在我们心中留下的美好形象为证。

香莲，你这些年活得太不容易了，我们这些亲人也都觉得你活得越来越艰难了，所以你就安心休息吧。你生前最牵挂的是你女儿的婚事，我们这些亲人一定会帮助你把孩子们的婚事办好。你生前也看到了，你的女儿和未来的女婿都是很优秀的，他们会替你争气的。你就放心吧，你就安息吧！

香莲，我们永远怀念你。

2017 年 1 月 26 日

怎样才能让孩子好学上进

我曾多次目睹一些家长因自己的孩子或淘气，或惹事，或迷恋上网，或学习不努力、成绩不如意等原因，而指责训斥孩子，甚至怒骂暴打孩子。我也曾多次耳闻一些家长埋怨自己的孩子不争气、无长进、没出息、未实现目标、结果不理想，而对家庭教育问题发出"无可奈何""毫无办法"，甚至"只能放弃"的感叹。

我和妻子有两个年龄只差一岁多的女儿。她们读小学时，虽然读的都是同一所不被看好的学校，但毕业时都以高分先后考入了重点中学呼市二中，而且小女儿考入的还是超常班，又称"少年班"。小女儿读"少年班"只读了四年，便高中毕业参加了高考。令人遗憾的是，当年她虽然不算民族政策加分就考了603分，填报的第一志愿是同济大学土木工程专业，却因"志愿扎堆"未得录取而被调剂到了兰州大学旅游管理专业。她不愿意去，就参加了复读。2003年，我们的两个女儿同年参加了高考。结果，虽然都没有取得足以稳妥进入北大、清华的高分，但是也都以非常"保险"的成绩被录取了，一个考入了北京师范大学管理科学专业，一个考入了四川大学医学检验专业。令人格外欣喜的是，小女儿在北师大读了四年本科，毕业前以班级名列第二的综合成绩被保送为中国科学院数学院管理科学与工程专业硕博连读的研究生，如今已读到研二了；大女儿因为学医而读了五年本科，毕业前以班级名列第一的综合成绩也被"推免"成为本校攻读临床检验诊断学专业的硕士研究生，如今已读到研一第二学期了。如不顾虑其他方面的一些问题，也是能够顺利读完博士的。

看着我们两个女儿长大以及知道我们两个女儿情况的一些亲朋好友们，有的曾对我和妻子说："也没见你们怎么管孩子，这两个孩子怎么就这么优秀！"有的就希望我和妻子好好总结一下，写写我们的家庭教育的经验与做法。

我和妻子琢磨来琢磨去，觉得我们的两个女儿之所以能够在学业上不断进取，在综合素质上不断提高，固然与学校教育和个人因素有很大关系，但家庭的影响，父母的做法也是起了一定作用的。总结起来，我们还是有一些心得体会的，不妨写出来请君一阅。

作者的两个女儿

打好基础，特别重要。一株小树能否笔直茁壮地成长，关键在于在树苗还小的时候给以精心栽培。人也是一样。要想让孩子们在学业上不断进步，学有所成，且品格端正，具有良好的综合素质，就要在孩子小的时候，尤其是在幼儿教育和小学教育阶段，努力为其打好基础。我们的做法是，在孩子们的幼儿教育阶段，主要是让她们跟随幼儿园老师进行轻松愉快的学习和娱乐，不增加她们的学习负担。在小学教育阶段，主要是促使孩子们树立严谨和具有竞争意识的学习态度，形成良好的学习和生活习惯，保持优良的学习成绩和积极向上的心态。作为家长，主要的做法就是提醒和帮助孩子们按时并保质完成课外作业等。在这一阶段，孩子们的学业比较轻松，精力比较旺盛，课外时间比较多，需要为她们安排一些感兴趣的课外学习，包括文艺、体育等方面的学习。但切记不要过多过杂，不要过多增加负担。我们在大女儿上小学一年级、小女儿上学前班时，买了一架钢琴，安排孩子们拜师学习。大女儿经过六年的坚持，到小学毕业前已经通过了中央音乐学院组织的校外音乐水平考级最高一级的考试，获得了九级证书。小女儿只学了两个多月，就提出了不愿学琴而要学画的恳求。我们尊重了她的意愿。由于她对绘画感兴趣并有这方面的天分，经过六年多的努力，她在画画方面取得了不少骄人的成绩，也获得了不少证书。回想起来，孩子们学琴也好，学画也好，不仅充实了自己，掌握了一门艺术，学琴者还锻炼了记忆方面的能力和逻辑思维方面的能力，学画者则锻炼了审美方面的能力和形象思维方面的能力，对于孩子们的智力开发也大有裨益。我的妻子在数学方面有着一定的天赋和较好的基础。为了开发孩子们的智力，妻子在两个女儿读小学五、六年级的时候，抽空辅导孩子们做了一些全国性的数学比赛题，使孩子们也受益匪浅。在小学升初中的考试中，她们先后都取得了数学满分的成绩。大女儿还在小学六年级上学期参加了全国"第六届华罗庚金杯少年数学邀请赛"，获得了一等奖；在初中一年级上学期参加了全国"希望杯数学邀请赛"，获得了银牌。小女儿在参加完小学升初中考试后，报名参加了当年呼市二中组织的招收"超常班"（后称"少年班"）学生的考试。那次考试只考数学，结果，在全市近千名学生报考，只招四十五名学生的情况下，她以名列第九的成绩进入了"少年班"。孩子们在幼儿教育和初等教育阶段打好了基础，进入中等教育以至于高等教育阶段，就无须我们作家长的多管了。

要多鼓励、激励孩子，而不能责备，更不能打骂孩子。我们常常回首往事。回首往事时，感觉记忆最为清晰而深刻的是童年的往事。我和妻子小时候都是在农村生长、生活，并长大成人的。让我们记忆犹新、历历在目的是，那时候，周围的人们越夸奖我们学习好，我们就越刻苦，越努力；越赞叹我们能干活儿，我们就越来劲儿，越不闲着。相反，对那些谴责、吼骂、痛打孩子的现象，即使是别人家的事，我们耳闻目睹时，心里都很不是滋味，极其反感。因而，设身处地也好，换位思考也好，为人父母之后的我们，都应该尊重孩子，与孩子交朋友，多调动孩子们的积极性、主动性，而不能简单粗暴地对待孩子。我和妻子对两个女儿的鼓励既有言语方面的，又有物质方面的。无论是一家人在一起的时候，还是和亲朋好友在一起的时候，无论是面对着孩子们的时候，还是孩子们不在场的时候，我们都说我们的孩子行、不错。我们不在意、不避讳有人会说我们总是"炫耀"或"吹捧"自己的孩子，更不惧怕有人会嫉妒我们和我们的孩子。我们的目的只在于鼓励、激励她们。在物质方面，我们给孩子们的鼓励的做法是，平素每当孩子们遇有小考并取得了好成绩的时候，我们就给她们每人三五块钱，让她们随意去买点好吃的或好玩的；而在她们遇有期末、毕业、升学或参加某一方面的考试并取得了好成绩的时候，我们就给她们每人二三十块钱的大奖，带她们去商店买一件漂亮衣服，或到饭店去撮一顿。我们从来都是遇到一个孩子有好事、喜事的时候，同时奖励两个孩子，也就是让另一个孩子也"沾沾喜气"，从而也得到鼓励。我们家的日子一直过得都很平常，也可以说很节俭。尽管如此，每当需要给孩子们"花大钱"的时候，我们也从不犹豫、从不吝惜。我们的大女儿在上小学四年级和初中一年级的时候，曾两次被自治区少工委邀请参加"优秀少先队员夏令营"，赴朝鲜和韩国参观游览，第一次花了一千多元，第二次花了三千多元，我和妻子都痛痛快快地给她交了钱，让她去了。小女儿没赶上这样的机会，我们觉得不该亏待她，在她读"少年班"期间的一个暑假，适逢我去湖南长沙，就为她也买了一张飞机票，带她去了一趟。我们做家长的，能够适当地让孩子们出去走走，不仅开阔了孩子们的眼界，让她们得到了锻炼与激励，也给她们留下了难忘的美好的记忆。孩子们在人生的道路上，也会遇到挫折和失败，会遇到不尽如人意的时候，这种时候，就更需要做家长的多加关心、爱护、引导和鼓励。我们的大女儿在读高二期间，也曾放松学习而迷恋看卡通书和去网吧上网玩游戏，我们发现后，经过多次的谈话，耐心的引导，使她重新树立起了好好学习，努力进取的信心和勇气。我们的小女儿在高分复读的两个学期内，也曾焦躁不安过，情绪起伏过。我们每每看在眼里，都想方设法让她放松自己，以稳定的心态复读。当她又一次参加高考时，终于取得了胜过上年的喜人成绩。

要让孩子受到良好的家庭及社会影响。有一句老话"近朱者赤，近墨者黑"，说得非常有道理。孩子们在小的时候可塑性和模仿力特别强,很容易受到家长及所接触到的其他人潜移默化的影响与熏染。因此,一定要引起家长的高度重视,随时随地的重视。我曾经观察到一种社会现象,一般来说,父母双方或一方是从事教育工作的,其子女的学习及其他方面都不错,并能够不断成长为优秀人才;而富贵人家的子女,则有不少或变懒或学坏,成为"问题青少年"。我想,这与家庭及社会的影响颇有关系。为人师表者,在家里肯定也要为孩子的表率,就不会给孩子不良的影响。孩子受到良好家风的熏染,就能够是非分明,好学上进。而富贵人家如稍不留心警惕,就容易让孩子产生优越感,沾染上或仗势或倚财的习气,养成依赖、散漫的性格,发展下去会误入歧途。我和妻子曾多年在自治区党政机关工作。我本人自三十多岁起直至现在担任过多个部门多种岗位的领导职务。从生活状况来讲,我家虽未怎样富裕过,但也未如何贫困过。尽管如此,我们也从未让孩子们觉得自己的父母有多高的政治地位,从未让她们随意花钱,随便浪费,从不敢让她们沾染不正之风。这都是从一点一滴做起的。在孩子们很小很小的时候,每逢春节,有亲朋好友给她们压岁钱,我们都让她们如数交给我们。每当家里来客人的时候,除非特殊情况,我们一般都是让孩子在屋里看书或写作业,而不让她们出来见面。每当有人请我们全家人吃饭的时候,除非特殊情况,我们也尽量不带孩子去,一是怕她们耽误学业,二是怕她们受到不良影响。我们更注意不在孩子们面前谈论社会上的不良现象,也是为了避免她们受到影响。我们还注意在闲暇的时候读书、看报或写文章，给孩子们做珍惜时间、热爱学习的榜样。我和妻子在工作上也有不顺利的时候，尤其是在妻子身上还发生过受委屈而愤然辞职的事情。即使这样，我和妻子也尽量克制自己，没有在孩子们面前过多地表现出悲观失望或怒不可遏的言行举止，而是直面人生，走自己的路。我们还多次向孩子们讲述我们的成长与奋斗的经历，讲述我们是如何在各方面都处于困境的状况下，通过个人努力，把握住恢复高考的时机，分别成为七七级和七八级大学生，改变了命运的往事，给她们增强信心和勇气，努力做到"青出于蓝而胜于蓝"。我想，我们的这些做法对于孩子们的心理健康、

两个女儿

学习进步以及习惯的养成，都有着积极的正面影响。

可不，自从孩子们双双"飞离"我们，"飞离"这个家后，我们很少为她们的学习和为人等方面操心过，担忧过。我们只不过是在经济方面为她们提供力所能及的支持而已，再就是每周打一次电话关心关心，要她们保持轻松学习的状态，多加注意身体健康和人身安全。

所以，为人父母的我们觉得，谈起家庭教育这个话题，说难也难，说不难也不难。

2009 年 3 月 20 日

读书，三代人的经历

——纪念新中国成立60周年

在新中国成立60周年即将到来之际，我作为一名蒙古族业余作家，多日来都在琢磨着该写点什么以表拳拳纪念之意。此刻我心潮澎湃，思绪奔腾。该从何角度落笔为文呢？好不让人着急犯难。恰逢此时，我的两个在外读研的宝贝女儿，一个从成都出发，一个从北京起身，一前一后都回到了我的身边。细心聆听着孩子们对各自读书生活的讲述，深切感受着她们所带给我的幸福，倏然间我想到，风景这边独好，就写写我家三代人的读书经历吧！

我的故乡在远近闻名的科尔沁草原上。父亲、母亲生不逢时。在他们应该读书的年代，科尔沁草原却正遭受着日本侵略者的铁蹄践踏，正被伪满洲国的阴霾覆盖。

母亲出生于我们旗一个较为富足的蒙古族贵族人家。在她8岁多点的时候，伪旗公署在其所在地吉尔嘎朗设立了一所公办的初级小学，我的姥爷、姥姥便就着家住当地的便利条件，将母亲送进了这所小学。应当说，母亲是我们旗最早一批接受正规学校教育的女孩子。最初，这所学校只有一排土房，两个班级，六七位老师，上的课有蒙古语、汉语、日本语、算术、地理以及体育等。虽然能够开启智慧，学习文化知识，母亲却依然感到郁闷，因为学校里的"主持"竟然是日本军人，不仅经常挎着战刀在学校里晃来晃去的，而且还不时给老师和学生们训话，进行奴化教育。母亲就是在这种境况下读完初小，又读完高小的。在高小阶段，她受到一位汉族老师的影响，立志继续读书，学有所成后回到家乡，从事民族教育事业。1943年元月，母亲和另一名女生一起，在一位男老师的带领下，乘上一辆马车，忍饥挨冻，一路颠簸地到了郑家屯，转而又乘上一列火车赶到了近千里之外的王爷庙即今天的乌兰浩特市，参加了兴安女高的入学考试并被录取。回家过完春节，3月初她便成了这所当时内蒙古东部区唯一一所女子中学的学生。当时这所学校只有五排砖瓦房，十多位教职工，一百多名学生。安排的课程有蒙古语、日本语、数学、历史、地理和体育，还有缝纫，却没有物理和化学。学生全部在学校住宿、用餐。母亲入校时刚刚十四岁多一点，且不说小小的年纪远离家人常感孤独无助，也不说吃的饭菜难以下咽，住的土炕夏潮秋凉，最让人难以忍受的是，学校的"主持"仍然是日本军人，有的教师也是日本人。日本人不仅灌输奴化意识，更可恶的是，公然提出要把学生们培养成为伪满军官的"贤妻良母型的太太"。

母亲和同学们都倍觉愤怒。但为了学到文化知识，更为了实现自己的理想与抱负，在日本侵略者的淫威下，也只能郁闷着读书，煎熬着上学。直到 1945 年 8 月的一天，日本战败投降撤退了，母亲才得以结束在日本人军刀之下读书的岁月。但由于社会动荡，战事频仍，母亲不得不逃回了家，中止了学业。在内蒙古自治区成立后的 1948 年 9 月，人民政府兴办教育事业，母亲当上了一名执教于农村、牧区的小学教师，从而实现了她多年的夙愿。让母亲感到幸运的是，在 20 世纪 50 年代末，她被旗教育主管部门选送到了通辽师范学校，度过了两年轻松而快乐的学习岁月。

比起母亲的求学经历，父亲尤为艰难。父亲和母亲同庚，1928 年出生于一个贫困的蒙古族家庭。虽然我的爷爷、奶奶只有父亲这一根独苗，可直到他快 10 岁的时候，爷爷、奶奶才将他送入村里的一家汉文私塾读书。勉勉强强读了两年，就因交不起给先生的报酬而不得不辍学了。喜欢读书的父亲只能一边务农一边在夜晚的煤油灯下，跟随读过多年私塾的我爷爷读点《论语》《名贤集》什么的。可这也不是个长久之计啊！思来想去，我爷爷想到了父亲的姥姥、姥爷家所在的村子公司五家子刚刚建起了一所公办小学，并且不收学费。何不将孩子寄住到他姥姥、姥爷家去上学呢？于是，爷爷就带上父亲又是步行又是乘火车的，赶了一二百里的路，到了父亲的姥姥、姥爷家。没想到，父亲的姥姥、姥爷家比自己家还要穷，经常是吃了上顿没下顿。父亲在公司五家子小学只是插班读了三年级

一年的书，就又一次辍学回家了。无奈，父亲只好跟随我爷爷
边干农活儿边学点古文。我爷爷见父亲爱读书，又挺聪慧的，
心想，不能让孩子上学读书，也太歉疚了。就在父亲这次辍学
两个多月的时候，我爷爷急中生智，想到了家住吉尔嘎朗的一
位表姐，这一家人不仅善良，而且生活状况也比较好，何不找
上门去，请她给帮帮忙呢？于是，我爷爷又带上父亲骑着一头
骆驼出发了。

　　1942 年 3 月中旬的一天，父亲走进了母亲曾经就读的学
校，成了当时这所学校四年级的一名学生。父亲在学习和生活
方面感到都还如意，但让他感到压抑和气愤的是，校园内外总
有日本军人耀武扬威而过，学校里的“主持”不仅骂人，还
常常踢人，打人。赤手空拳何以抵抗？父亲和其他同学一样，
只能忍辱含垢，发愤读书。1945 年初，父亲终于完成了小学
学业，并以优异的成绩考入了当时远近闻名的开鲁国高。开鲁
县城位于我们旗吉尔嘎朗西北三四百里处，交通极为不便。父
亲是被我爷爷用骆驼送到郑家屯后，第二天一个人乘火车到通
辽，第三天才乘上一辆破旧的汽车到达目的地的。父亲在开鲁
国高读了一个多学期，日本政府宣布投降后，第三次辍学回到
了家。让人感到巧合的是，父亲和母亲相识后不久，在同时同
地都当上了自治区成立后招录的第一批小学教师。在 30 多年
的教师生涯中，父亲既用蒙古语教过学，也用汉语上过课，谁
都说他是位蒙汉兼通的好老师。让父亲感到遗憾的是，他只是
通过函授与自学获得了高中毕业文凭，而再未进过任何学校进

行系统的学习。

我们这一代被称为、也自以为是"生在新社会，长在红旗下"的一代。回眸往事，我们在求学的路上，既行进过平坦宽广的笔直大道，也跋涉过坎坷曲折的羊肠小路。因为我们既享受过和平、安宁岁月的阳光雨露，也遭遇过"文革"的严寒暴雪。父亲和母亲在20世纪50年代初到60年代初，先后有了我们三男一女共四个子女，限于篇幅等原因，我在这里只说一下我个人的读书经历。

1960年我6岁，被父亲和母亲带进了他们当时任教的散都苏木小学，开始读用蒙古语授课的一年级。在我只读了一个学期，只学会了用蒙古语数数和记住了蒙古文拼音字母的时候，父亲、母亲又被调到了一个叫常胜的地方当小学老师。常胜的居民以汉族居多，小学低年级都用汉语授课，父亲、母亲担心我直接读一年级的下学期跟不上，就让我在母亲任教的班上当了一名一年级下学期课程的旁听生。读了一学期后，母亲看我还行，便让我接着读了二年级。尽管那些年全国人民的生活水平都很低，农村比城里的生活更为贫困艰辛，可我觉得我的小学读得还是很开心、很顺利的。虽然过去了40多年，我还清晰地记得我在二年级时加入少先队的动人场面，记得我在四年级时戴上"三道杠"的快乐情景。农村孩子与城里孩子相比，虽然在受教育的环境与条件等方面存在不少劣势，例如我们没有好的校舍与教学设备，没有书店可以光顾，没有图书馆可以阅读，更缺少名师指教，甚至家里连电灯都没有，可我们也有我们的优势。我们最大的优势就是，每天都能与大自然亲密接触。在拾牛粪、挖野菜、背柴草等劳作中，在捉小鱼、采野花、过家家等玩耍中，那碧绿的草滩，广袤的田野，连绵的沙丘，茂密的树丛，清澈的湖水，弯曲的小河，青翠的禾苗，五彩的花朵，酸涩的山杏，啾鸣的小鸟，翻飞的蝴蝶，等等，都给我带来了无尽的欢乐，都给我留下了永远的记忆。然而，令人无可奈何的是，"文革"来了，来得如暴风骤雨，来得似苦海漫漫，致使我的求学之路一而再，再而三地遇到了艰难险阻。从1966年7月我小学毕业开始，到1978年3月我进入大学为止，在这近12年间，我经历了三次失学，度过了八年劳作的艰苦岁月。我先后读了两次初中、一届高中。我第一次读初中是在常胜，只读了一年半就被宣告毕业而"全部回乡"了。我第二次读初中是在我当了近一年的"农业临时工"后，投奔到本旗金宝屯小镇上时任公社党委秘书的一位表叔身边去读的，只读了不足两个学期就初中毕业了。那年，初中毕业生可以考高中，我渴望升学，自然就参加了考试，并以三个班学生当中第一的成绩升入了本校的高中班。当时，初中和高中的学制均为两年，那两年的高中读得还是颇有收获的。我在八年劳作期间，曾为家计操劳并为父母送饭四年，当"农业临时工"近一年，在建筑工地、饭店等处打工近一年，到农村插队近三年。在那八年当中，我所经受的委屈、磨难、痛苦真可谓不堪回首、难以叙述。此不多说。我要满怀激情、欢快无比地述说，"文革"结束一年后，我个人的命运发生了根本的改变。1977 年 10 月里的一个阳光灿烂的日子，国家决定恢复高考的消息从广播里传到了我插队的村子，传进了我的耳朵，唤起了我下定决心报考大学的意念。那年 12 月里的一个瑞雪轻飘的日子，我和众多来自各行各业、年龄参差不齐的年轻人跨进了设在金宝屯中学的高考考场，接受了国家恢复高考后的首次选拔。1978 年 2 月里的一个冰消雪融的日子，我终于从专程给我送信的弟弟手中接过了我被吉林大学中文系录取的通知书。那年 3 月里的一个春光明媚的日子，我连家都没回，直接从我务农的地方，经金宝屯小镇乘火车抵达了熙熙攘攘的长春市，迈入了处处都让我觉得新鲜的吉林大学校园。在吉林大学读书的四年，是我这一生的读书经历中，最为开心、顺意、充实又幸福的四年。那温馨舒适的宿舍，宽敞明亮的教室，博学多才的老师和风华正茂的学友，总让人记忆犹新，倍感亲切。我是我们这个蒙古族家庭的第一个大学生。在我之后，弟弟于1980 年考入了内蒙古财经学院。乐得父亲、母亲那几年常说，我家四个孩子，有两个考上了大学。我大学毕业后回到了内蒙古，在自治区计划委员会和党委组织部以及一家大型企业从事计划、干部、人事及管理工作近 20 年，于 2001 年调入内蒙古人民出版社任职。让我感到特别欣慰的是，我从事出版工作后，不仅实现了青少年时代的理想，而且还获得了正高级的编审职称。由于多年坚持写作，有一定数量的作品问世，还加入了中国作家协会。

作者在办公室

我和我的同乡，同族，同为大学毕业生的爱妻结为连理后，于1984年和1986年先后有了两个女儿。我们的两个女儿赶上了好时代，她们的读书经历非常顺利。两个女儿都在两三岁的时候，就进入了幼儿园，受到了良好的学前教育。在小学读书阶段，我们的大女儿曾两次应邀参加自治区优秀少先队员夏令营，分别赴朝鲜和韩国参观学习，她还获得过全国"华罗庚数学邀请赛"一等奖一次和全国"希望杯数学邀请赛"银奖一次。我们的小女儿也曾多次获得"三好学生"等称号和奖励。姐两个除了在良好的环境中读书学习外，大女儿还在艺术学院老师的指导下学习钢琴，在小学毕业那年就通过了中央音乐学院校外考级的最高一级即九级的考试；小女儿业余学习美术，也曾多次获得过市、区级奖励。在小学升初中时，先是我们的大女儿以名列前茅的成绩考入了呼和浩特最好的中学呼和浩特二中所设的初中班；第二年，小女儿又脱颖而出，考入了二中招收的最后一届"少年班"。小女儿只用四年时间即读完了初中和高中阶段的课程。2002 年参加高考时，不算政策加分获得了 603 分的成绩，但由于所报志愿只有一所大学并产生了扎堆现象，未得录取，而被调录到了另一所重点大学的另一个专业。因她对该专业不抱兴趣，所以决定复读后下年再考。2003 年夏季，我的两个女儿同年参加了高考，不算政策加分，大女儿的成绩高出了重点线 53 分，小女儿高出了重点线 111 分。大女儿填报的第一志愿是四川大学华西临床医学院的医学检验专业，小女儿填报的是北京师范大学管理科学专业，结果都顺顺当当地被录取了。大女儿大学本科五年毕业，毕业前以年级综合成绩名列第一的名次被"推免"成了本校攻读硕士学位的研究生，如今已读研二了；小女儿大学本科四年毕业，毕业前以综合成绩班级第二的名次，被保送为中国科学院数学与系统科学研究院硕博连读的研究生，现在已开始读博一了。我讲孩子们的这些情况，主要是想表达，在改革开放的今天，在国泰民安的环境下，我们的孩子们真是太幸福了，她们的求学之路真是太平坦、太顺利了！她们只要努力、勤勉，就能够步步向前，就能夺取一个又一个胜利。

　　我的这篇文章写到这里的时候，我的两个女儿已经一个返回成都二十多天，一个返回北京十几天了。回想起孩子们临别时的笑容和青春靓丽的身影，我的心里不由得再次为她们祈祷着，祝福着。

　　我的这篇文章即将写完的时候，是我家窗前的呼伦路小学新学期刚刚开始的时候。伫立在我家的阳台上，望着呼伦路小学那红色尖顶、条纹墙面的教学楼和那绿底花纹有如地毯般的塑胶运动场，看着孩子们那小马驹似的蹦蹦跳跳的身影，听着孩子们百灵鸟似的叽叽喳喳的声音，我的心醉了。我也为这些孩子们祈祷着，祝福着，为我们祖国所有的孩子祈祷着，祝福着。

　　中华人民共和国成立 60 年来，特别是改革开放的 30 多年，我们的祖国已经步入了和谐、安定、强盛时期，前景辉煌，未来壮丽，因此我的孩子，当今中国的所有孩子才会如此幸福，未来会更加幸福的！

2009 年 10 月 1 日

看报，让我受益匪浅

每天，我都惦记着早点看到新来的报纸。新报纸一到手，我总会尽快地翻阅一遍。公务缠身时，就抽点空隙将报纸上的题目浏览一下；工作不忙时，则认真地翻看，有选择地阅读。

我看报的习惯或者说爱好是从小养成的。我生长在内蒙古东部科尔沁沙地上一个偏僻落后的村子。那个村子的冬、春两季常常是黄沙弥漫，遮天蔽日，让人双目难睁、寸步难行。文化生活一片贫瘠，举两三例便可知其概况。例一，村里别说没有图书室、文化站、书店之类的设施，即使是想看一本课外读物或一场露天电影，都很难实现。例二，我读小学时的任课老师多为初中或小学毕业生，有的老师常常冒出土话、粗话，甚至念错字，令人忍俊不禁。例三，在我1978年3月上大学之前，村里还没出过一个大学生。在这种自然环境和文化环境中长大的我，感到最为庆幸的是，我的父亲和母亲当时都是村里的小学老师，且属于学历偏高的两位——我母亲中师毕业，我父亲在中华人民共和国成立前"国高"肄业，后经函授学习，又取得了高中毕业文凭。他们在我读小学三年级的时候，在家庭经济状况非常拮据的情况下，为我订了一份《中国少年报》和一本名为《儿童时代》的杂志。尽管是40多年前的事了，但是至今我还清晰地记得，我是在1963年盛夏的一天，从父亲手里接过第一张属于我自己的《中国少年报》的，那是一张毛主席题名的每周出一期的8开4版的小报，上面不仅刊有国内外要闻、英模人物事迹、科学文化知识和小学生作文等等，还有颇具趣味性的"知心姐姐""小灵通"和"动脑筋爷爷"等栏目。我还清晰地记得，那张报纸除了文字内容是用黑色印刷的外，其他诸如报名、标题、插图以及线条等都是绿色的。我就像在茫茫的沙漠中遇到了一片水草丰茂的绿洲一样激动不已，全神贯注地逐版逐面逐字地看了起来。从此，《中国少年报》的到来便成了我心中的一种热切期盼，这份报纸也成了我生活中的亲密伙伴。让人感到特别遗憾与痛苦的是，随着"文革"的到来，我的童年便迅即结束了，那种让人快乐的读报体验也就马上停止了。直到1971年秋季之后，我出于无奈，被迫到离家百多里的一个小镇上去寻亲求学，就读的高中为每个班订了一份名为《哲里木报》的地区小报，我看报的习惯和爱好才得以恢复与延续。那期间，我是班里的学生干部，每天都到学校的收发室里去看看报纸来没来，来了便先睹为快。可是高中毕业后，由于有家回不得，又没有其他出路，我只好滞留在那个小镇上打工，就又无书可读、无报可看了。好在那样的日子过得还不算长，不足一年，在各级政府组织城镇知识青年上山下乡的浪潮中，我被"卷"到了地处西辽河畔的一个小村，成了一名插队知青。与我家所在的村子相比，这个小村当时是生产大队所在地，而我家所在的那个村子当时是公社所在地，因此就更是个双重的"荒漠"之地了。不过，这个小村也有先进的方面，就是已通了电，有了电灯，不像我家所在的村子，从我出生到 17 岁离开时，夜晚照明用的一直都是煤油灯，听说直到 20 世纪 80 年代初村里人才用上了电灯。在我插队的小村子，无论是生产大队还是生产小队都订有两三份报纸，有《人民日报》《吉林日报》和《哲里木报》。由于交通不便，这些报纸一来就是一捆，被人们戏称为"抱来的纸"，对于我来说，自己的看报习惯与爱好终于又有了着落了。每当那些成抱的报纸被我拿到手的时候，无论白天干活儿有多苦多累，夜晚我都要看上几张几版的，实在困倦难忍了，第二天夜晚再接着看，直到都翻遍看完为止。然后，再盼望着新的报纸的到来。那个年代，生产队常年都要组织社员们进行政治学习，其方式多为读报纸。我是生产队的会计，又喜欢看报，每逢政治学习，老队长就让我给社员们读，还让我给大伙儿做点儿讲解。要想让别人明白，我自己得先明白。于是，在读报之前，我总要查查字典，做些准备。在我读大学期间，电视还属于稀有之物，要想了解国内外大事以及社会发展趋势，还得依赖广播和报纸这两种媒体。无论学业多忙，每隔十天半月，我都要到阅览室去翻翻《人民日报》《光明日报》和《文汇报》，有时也浏览一下家乡的《内蒙古日报》和《哲里木报》。离开大学校园，走上工作岗位后，我先后在5个单位工作，从事过4种职业。但不论在哪里，也不论做什么，我都一直保持了看报的习惯与爱好。尽管近年来我也有了电脑，接通了互联网，可我还是愿意看报，因为我觉得报纸能给人一种贴近感和方便感。现在，我除了订有专业性的报纸《中国新闻出版报》外，还订有《中国青年报》和《内蒙古日报》。我喜欢看《中国青年报》，是因为这份报纸不仅始终关注国际国内的重大政治问题、社会与民生的热点问题、青年一代遇到的实际问题，而且内容丰富、思想深刻、观点犀利、语言凝练、趣味横生。我喜欢看《内蒙古日报》，是因为这份报纸不断向我传递着自治区各方面的发展变化信息，而这些信息中涉及的地域、单位以及人物等等，有不少是以前我驻足、接触或闻知过的。我尤其爱看该报文艺副刊上的作品，因为这些作者有不少是我熟悉的文友。虽然我没订《北方新报》，但我也喜欢看这份报纸，因为这份报纸较为快捷、全面、准确、敏锐地反映着我所生活着的地区与城市的重大事件和社会与民生问题，也不乏刊有记述这个地区和城市的历史、民俗、文化等方面的文章。每天晚上到公园散步时，途径阅报亭，我都要凑上前去逐一读读这份报纸上的标题，遇到自己喜欢的文章就从头到尾地看上一遍。白天上班的时候，我也常常到订有这份报纸的同事那里去翻看。

作者在办公室

回想起来，我看报的习惯与爱好，真是让我终身受益，且受益匪浅。小时候，我爱看《中国少年报》，不仅让我在那偏远闭塞的沙窝窝里了解到了外面世界的多姿多彩，而且让我获得了课本上学不到的知识；不仅让我记住了刘胡兰、董存瑞、黄继光、雷锋、王杰、焦裕禄等英模人物的名字和事迹，而且在我的世界观、人生观、价值观的树立和形成方面都产生了深刻而长远的影响；不仅大大提高了我当时的作文水平，而且让我对写作产生了浓厚的兴趣，立志长大成人后当一名编辑或作家。当我离开故土和亲人，在小镇上读中学的时候，尽管《哲里木报》这张小报同其他大报一样，"左"的内容依然偏多，但有些文章在写作技巧、遣词造句、引经据典等方面，还是给了我不少启迪。课余时间，我注意探索、模仿、借鉴，并默默地进行写作与投稿，终于在我高二那年春日里的一天，我的一篇题为《万万不能大撒手》的小评论文章刊登在了《哲里木报》的第一版上。那篇文章是我针对当时因"反智育回潮"，学校的教学秩序变乱，学风变坏，学校的领导和老师却撒手不管的现象，感到十分着急、痛心而写就的。尽管文章不长，也起不到什么作用，可对于我来说，由于是自己文字的第一次面世，着实让我在同学和老师们的议论中激动了好几个日夜。到农村插队那几年，由于看报几乎成了我唯一弥补精神空虚并获取知识与信息的渠道，报纸对我的帮助就更大了。那几年，看报又重新激发了我对写作的兴趣。我把自己在生产和生活中的见闻和感受先后写成新闻和通讯稿十多篇，投寄给《哲里木报》和科尔沁左翼后旗广播电台，有那么几篇得到了刊登和播发。为此，旗委宣传部邀我参加了一次通讯员学习班，旗知青办还抽调我参加过一回动员知青插队材料的撰写。我想，看报也在一定程度上巩固和丰富了我的文史及政治等方面的知识，提高了我的写作水平。因此，我在1977年参加高考时，在没有请假脱产复习，基本上没有什么复习资料的情况下，才会脱颖而出，一举成功，成为莘莘学子中的一员，从此彻底改变了自己的命运。上大学的时候，通过看报，我知悉了全国科学大会的召开、党的十一届三中全会的召开、审判"四人帮"，以及中国女排在"世界杯"锦标赛上夺冠等诸多大事，从而深深感受到了极"左"年代那种寒气逼人的严冬的消逝；深深体会到了在新的历史时期改革开放的春天的到来，从而倍感骄傲与自豪，倍受鼓舞与激励。走上工作岗位近 30 年来，由于习惯看报，爱好看报，我觉得不仅潜移默化地提高了认识和解决问题的能力，对工作大有帮助，而且促使我勤于思考并动笔写作。这些年来，我曾在各类报刊上发表了一百多篇理论、通讯和文学类文章，并有 4 本个人著作和译著问世。为此，我童年时代的梦想也变成了现实。

　　我想，我的人生之路能够走到今天，与我这么多年来一直以看报为习惯和爱好是密不可分的。作为结语，我还是想说，看报，让我终身受益，且受益匪浅。

2010 年 1 月 15 日

龙哥我们几个

有一种友谊纯粹而真挚，有一种友谊温馨而甜蜜，有一种友谊厚重而长久，有一种友谊朴实而美丽，有一种友谊无怨无悔，有一种友谊可歌可泣，龙哥我们几个的友谊就是如此。

左起：陈东光、龙占伟、陈平、陈良

去年"五一"劳动节那天的中午，我正在家里独自小酌，放在茶几上的手机响起了悦耳的铃声。我一看屏幕显示，是龙哥打来的。"二弟，东光回来了。陈良、建华、白乙拉我们几个正在一起喝酒，你不在这，我们给你祝福了！"龙哥说到这，只听"嘭嘭"的碰杯声响了起来。"让陈良和你说话。"龙哥的手机传来了陈良那洪亮而憨厚的声音。"让东光和你说话。"龙哥的手机传来了东光那沉稳而兴奋的声音。"让建华和你说说。"龙哥的手机又传来了建华那低缓而清晰的声音。"让白乙拉和你说说。"龙哥的手机又传来了白乙拉那快速而激动的声音。接下去还有谁和我通了话，现在我已经记不得了。龙哥、陈良、东光、建华、白乙拉几个人都是和我在科尔沁左翼后旗一个叫常胜的地方一起长大的儿时的朋友。龙哥、陈良、建华、白乙拉年轻的时候相继到我们旗的旗委、旗政府所在地甘旗卡落了脚；东光呢，从吉林省的一所政法学校毕业后，在哲里木盟委、公署所在地通辽市安了家，通辽距甘旗卡只有80多公里。龙哥早已成了我们旗远近闻名的富裕人家。逢年过节，东光到甘旗卡探望父母时，龙哥总要招呼弟兄几个聚一聚，坐一坐。每到此时，龙哥总要拨通远在呼和浩特的我的电话。先是他说，然后让每个弟兄轮流和我说，最后他还要再和我说上几句，才说再见。在一番语音轰炸后的两三天内，我都心潮澎湃，久久不得平静……

真是"晴空一声霹雳作，天昏地暗雨如泼"。让我无论如何也没想到的是，就在我们这次通话后的第四天傍晚，我在离家不远的满都海公园里漫步遐想之时，手机铃声沉闷地响了起来。我赶紧掏出手机，打开后看也没看号码就放在了耳边，"二弟呀……不好了……陈良走了……今天中午走的……是脑梗……"手机里传来的是龙哥泣不成声、撕心裂肺般的哭喊声。龙哥是接近 60 岁的人了，我从未听他这样哭喊过。这怎么可能呢……怎么可能呢……顿觉头昏眼花的我，扶住公园里的一棵大树，也仰天长啸哭喊起来，泪水资源长期匮乏的我，竟也泉涌般流了出来。

那些天，我常常夜不能寐，深深陷入了对童年的伙伴、儿时的朋友的追忆与怀念之中。

记得几年前龙哥就对我说过，要我写写我们这弟兄几个的往事，写写我们之间这么多年来的友谊。前些天，龙哥赴通辽参加了东光儿子的婚礼，给我打电话告知他的见闻和感受后，又提及了此事。我想，无论如何也不能拖延下去了，再拖就有负龙哥的嘱托了。

龙哥从小就是我们当中的核心人物，是我们的主心骨、保护神。我觉得不管从哪个角度构想，我的这篇文章都该以龙哥为重点再兼及各位了。

龙哥我们几个都是在科尔沁沙地南部一个叫常胜的地方长大的。常胜位于甘旗卡东南约 40 公里，那时是个较大的村子，现在是个很小的镇子。常胜坐落在一片狭长的甸子地上，除了西面以外，其他三面都是沙坨子，尤其是北面，我们那时走过好远好远也见不到别的村落。常胜在 20 世纪 70 年代初才通班车，开通的几年内跑的都是解放牌大卡车，又因为那公路是土路，坑坑洼洼的，遇有雨雪天气，经常连班车的踪影也看不见。我们就是在这样闭塞、偏僻的环境中度过童年、少年和青年时代的。

龙哥不是在当地出生的，是在八九岁的时候随着父亲的工作调动从城里到了常胜的。龙哥从小就长得眉清目秀，皮肤白皙，个头高大，结结实实的，用现在的话说就是一个帅哥。龙哥不仅形象出众，而且嗓音高亢，行动敏捷，性情刚毅，正直豪爽，年龄也比我们大，自然而然地就成了公社家属院和粮站家属院这前、后两个大院中的孩子王。

我们把常胜北面的沙坨子称作北坨子。北坨子是个十分诱人、令人着迷的去处。在离龙哥和东光他们住的粮站家属院后头只有几丈远的地方，是北坨子的南端，那里有一大片杨树林，杨树林的东侧有几个不太大的水泡子。每当春意盎然的季节到来，杨树林里的阳光最明媚，小花最秀美，小鸟最漂亮，小草最娇嫩，树叶最新鲜；水泡子里的积水最清澈，蛙声最整齐，岸边的沙土最柔软，微风最清爽……放学后，龙哥常带上我们去那片杨树林里藏猫猫或欣赏风景，去那些水泡子岸边过家家或谈天说地。在北坨子的深处，离村子有七八里路的地方，有着以山杏树居多，掺杂着桑树、榆树、山丁子等多种树木的茂密的山林。山林间还长有花朵绚丽，果实甜美的草本植物。这对于那个年代的孩子们极具诱惑力。然而，北坨子的深处有让人惧怕的狐狸、獾子和蛇，据说还有非常凶恶的狼。
"走，跟我走，别怕!"这是龙哥留给我，也是留给不少人记
忆深处的一句话。有龙哥这句铿锵有力的话，有他那高大威武
的形象，每逢周六、周日或是节假日，我们一伙人常常每人手
握一把镰刀，跟随着龙哥兴冲冲地朝着北坨子的深处奔去。春
天，我们去欣赏那开得一望无际的粉白粉白的杏花，采摘、嚼
吃那嫩嫩酸酸的小杏。端午节，我们一大早就爬起来，先吃上
两颗母亲刚煮好的鸡蛋，把剩下的几颗小心翼翼地放在一个小
筐里，再灌满一两瓶水带上，聚集到龙哥家就出发了。经过一
阵"急行军"，我们爬上一座高耸而洁净的沙丘后，便开始了
滚鸡蛋的游戏。待全部鸡蛋滚下沙丘后，一个个自然碰破，没
破的也被我们相互对磕碰破，之后，我们便剥开鸡蛋皮，开始
了对鸡蛋的"恶吃"。吃完后，我们便你追我赶地朝我们知道
的有桑树的地带跑去。到了桑树底下，便一人一棵或两三人一
棵不管不顾地朝树上爬去，看到那些又长又黑又甜又酸的桑粒
儿，便疯摘疯吃起来。最让人忍俊不禁并难以忘怀的是，在返
程的路上，我们每个人的脸上、手上和腕子上都紫一块儿、黑
一道的，那都是我们为了向别人显示自己采得多、吃得多而胡
乱涂抹留下的痕迹。秋季，是山里红、野葡萄等野果成熟的季
节。遇上好年景，那山里红结得满树，红彤彤的，吃起来味道
就像山楂。龙哥带上我们去采摘，有时候一两个钟头就能收获
一大筐，半天下来竟能扛回家一面袋。野葡萄是最难结果，也
最难获得成熟果实的野果，尽管每回龙哥我们不辞辛苦地翻了

许多秧棵儿都少有所得，甚至一无所获，但我们也觉得乐趣满满。冬天，龙哥也领着我们一回回地往返于北坨子，割麻黄草、捡牛粪、搂柴火……

我称龙哥是我们的"保护神"，一点都不过分。每当有人或用话语或以肢体欺负我们的时候，他总是仗义执言，挺身在前。此类事情不胜枚举，我就不赘述了。让我终生不会忘记的是，1965 年仲夏的一天午后，我们一伙人找上龙哥，一起到村子东面的一个大水泡子里去玩水，由于我不会浮水，却又不知不觉地掉进了一个锅底儿坑里，便紧张地连呼带叫，又甩胳膊又蹬腿地挣扎起来。然而，越是挣扎，越往下沉，不由得鼻孔和嘴里都灌进了水……就在我以为水魔王快拽走我时，一双结实而有力的手攀住了我的一只胳膊，将我拖出了水面，拽到了浅水处，又将我抱到了岸边。一阵呕吐、咳嗽后，我才略微睁开眼，看清一直呼叫我名字的龙哥。憋了好半天，我不禁号啕大哭起来。

我比别的同学早读书一年，而龙哥可能是由于随家搬迁而耽误了学业，年龄比一般同学大两岁，比我大三岁。最初两三年，龙哥虽然在个头儿上超群，在形象以及劳动等方面引人注目，可学习成绩并不好，但龙哥不鸣则已，一鸣惊人。在小学五年级的第一学期，他不仅发扬了乐于助人的精神，而且学习成绩也突飞猛进地赶了上来。为此，他成了在那个年代常胜小学发展过的唯一一名共青团员。当时，我们一帮小伙伴、小朋友是多么的兴奋和羡慕啊！记得我曾多次在日记里、作文中记述与赞扬过龙哥，一再表示要向龙哥看齐。

我们只度过了几年轻松美好、和谐友爱的时光，之后便因"文革"而不得不过早地结束了那令人怀想、让人眷恋的童年与少年岁月。

龙哥的父亲和我的父亲、母亲较早就被扣上了"历史反革命""右派"和"阶级异己分子"的帽子，因此受到批判并被游街示众；没过半年，陈良的父亲因为是公社党委书记，建华的父亲因为是公社党委委员，也都被打成了"走资派"，受到了"群众专政"。我和陈良、建华家所住的公社家属院紧临公社大院东侧，只有一墙之隔，并有一小角门相通。有那么两年多，公社院里常常传出震天动地的锣鼓声和声嘶力竭的呐喊声，住在公社家属院的长辈们不便也不敢去观望，我们小孩们为了报告给大人们一点儿消息，时不时地从小角门溜过去，或躲在一旁，或钻进人堆儿，去瞧瞧，去听听。近日，我与龙哥电话联系，才核实清楚，那是 1969 年 8 月 11 日上午，公社院里又人声嘈杂起来，我听到动静后急忙跑过去看，只见许多人都朝公社食堂的餐厅里奔了过去，我也就三步并作两步地跟了过去。进屋后，我一眼就看到龙哥的父亲站在人头攒动的人群前面的一张椅子上，脖子上挂着一块不知写着什么字的大牌子，弯着腰低着头，双手在前，腕子上带了一副铮亮铮亮的手铐，我的心不由得"咯噔"一下。过了一会儿，经一个自称为旗里某重要部门的人一阵官腔宦调儿的宣布后我才知道，龙大爷是因为有人告发他在参加解放军前当过国民党的兵，有着

"重大历史问题"而马上要被带到旗里的监狱关押。我想，龙哥要是知道了该有多么难受啊！这次通电话我才知道，当时龙哥也在公社食堂里的人堆中站着，差点昏厥过去……龙哥告诉我，他老父亲那次被带走后关押了将近两年半，直到1971年12月11日才回家。最终获得的结论是不但没有什么历史问题，还为中华人民共和国的成立立过功。

在那个特殊年代，不仅我们的父母经历了长期的难以忍受的磨难，就连我们这些所谓的"黑帮子女"也历经了不堪回首的株连。挨打、受骂、被欺负这类事都不必言说了。因为我们是另类，1969年初，我们还被关进过"可以教育好的子女学习班"，差点儿被"挖"成"小内人党"。1970年底开始，我们初中毕业后，连去生产队当个正式的农民也没有资格，只能去当编外的临时农民。更让人伤心不已的是，我们一个个到了该找对象、娶媳妇的年岁时，由于我们出身不好，且房无一间、地无一垅，谁家的姑娘也不愿接近我们，有的甚至看都不愿看上我们一眼。都快40年了，我还清晰记得，那是1971年秋天，经人介绍，龙哥和村里的一个人们都称为"小厉害"的姑娘搞过一阵子对象，女方家连彩礼都收了，后来那姑娘又反悔了。都快30年了，我结婚后偕妻子回甘旗卡探亲，与龙哥一家相聚时，席间谈起此事，龙哥对我说："那时候，你做梦也不会想到能娶旗委领导的千金；我呢，也没曾想你嫂子这个旗里中学的老师能嫁给我……"说着说着，龙哥禁不住热泪横流，并放声痛哭起来。我理解龙哥，我们那些年真是没有谈情说爱的条件与资格，以至于我后来上了大学都缺乏勇气和女生说话，更不敢向自己心中的偶像发动进攻了。

在那个特殊年代，最让我们苦闷和忧愁的是我们这些已经长大了的人无书可读、无业可就。虽然进入1971年后，"阶级斗争"的暴风骤雨不那么凶猛了，我们的父辈也相继恢复了工作，可对于我们这些子女来说依然是前途暗淡，出路难觅。陈良还算幸运，1971年参军走了。剩下我们几个"出身不好"的人可以说是干什么的资格都没有，即使是想升入高中继续读书也做不到，只能去生产队当编外农民，也即农民当中的临时工。最苦最累的活儿由我们来干是理所当然的，而像赶牛车、扶犁杖这类轻活儿，让人觉得有面子的活儿却从来没我们的份儿。这种日子何时到头啊？我们总是闷闷不乐、郁郁寡欢。我的父母看在眼里，急在心上，在我初中毕业后务农将近一年的时候，通过与我的一位恢复工作不久、担任了金宝屯公社党委秘书的表叔书信联系，1971年10月，已经17岁的我赶到百里之外的金宝屯，成了当地中学的一名初中毕业班的插班生。龙哥和东光直到1974年深秋，才先后以"亦工亦农"和"亦农亦商"的名义，被招工到了甘旗卡镇，一个去了制酒厂，一个去了食品公司。建华呢，直到1978年才被招工到甘旗卡，在旅店里当锅炉工。

1974年夏天，我高中毕业后，滞留在金宝屯小镇上打了一年工，先后在瓦工队、电工队和饭店卖过苦力。在饭店打工时的一天，一个身着草绿色军装，佩戴着鲜红的领章和帽徽的飒爽英姿的军人微笑着站到了我的面前，朝我伸过了双手。我定睛一看，兴奋地嚷道："这不是陈良吗，你怎么来了？""我回来探亲，路过这儿要住一宿。"好在当时我已经干完了活，收拾好了摊子，正准备要吃饭，"今晚，咱哥俩得多整几盅，唠他个彻夜通宵！"

　　1975 年 4 月 5 日，我下乡插队，成了一名知青也即名正言顺的农民后，曾有三次因借调及参会去甘旗卡。借调那次时间较长，有一个多月。其间，我曾多次去找龙哥、东光，他们俩也曾多次去看我。至今已 30 多年了，我还仿佛就在昨天般地记得，有一次我去龙哥干活的车间找他，映入我眼帘的是，大夏天，车间里热气腾腾，龙哥和几个工人裸背赤脚，每人握着把木锨正在翻腾酒糟。至今已 30 多年了，我也仿佛还在身边地记得，有一次，在龙哥居住的地方，龙哥提回了两瓶腰窝酒，东光拎来了一块儿白条肉，龙哥亲自下厨掌勺，不一会儿，热气腾腾的饭菜便端上来了，放在了土炕上的小饭桌上，我们哥仨就你提议、我碰杯地喝了起来，直喝得个个酩酊大醉。哪有不醉的呢？我们虽然不是编外农民了，可日子过得依然苦不堪言，前途渺茫。

　　我们的日子是随着那个特殊年代的结束才逐渐安稳、兴旺、满足与舒畅的。

　　最先走出困境的是我。1977 年金秋十月的一天，我在下乡插队的小村嘎布拉，从广播里听到了国家决定恢复高考的惊人消息。经过一番冲动、忧虑、决然的思想斗争过程，我抱着试一试、碰一碰的心态，在既未脱产复习，又没有复习资料的情况下，于当年 12 月一个雪花飘飘的日子走进了设在我的母校金宝屯中学的高考考场。1978 年的春节，我是在常胜的家里过的，在见到龙哥、东光等几位朋友时，龙哥对我说："我们估计你能考上。"我说："即使考试能过关，恐怕政审也够呛。"记得还没到正月十五，我就返回嘎布拉继续当我的知青去了。真是喜从蓝天降，福随阳光来。那年 3 月初，一个阳光灿烂的日子，一封电文为"你已被吉林大学录取，速回家"的电报，由常胜发送到了嘎布拉，递到了我的手中。就在我整理行装，做会计工作交接之时，弟弟又日夜兼程地将录取通知书给我送了过去。为了节省路费，我家也没回，在金宝屯和嘎布拉逗留了十来天，就直接登上了奔赴长春的旅客列车。

在以书信往来为主要通信方式的年代，尤其是在我读大学期间，龙哥我们几个儿时的朋友没少鸿雁传书。入校不久，龙哥在信中告知我，因旗里清退亦农亦商人员，东光返回了常胜，正在复习功课，准备迎战 1978 年的高考。我在东光的信中也获悉，他只能"背水一战"了，每天都在家房后的杨树林里看书、背书。我知道，东光从小就聪颖好学，成绩拔尖，且读过高中。我默默地为他祈祷，并在信中寄语，祝他取得成功。当时尚无复习资料为他提供，记得我只给他寄去过两本我认为对他有用的书。高考过后，我回家探亲时得知，为了求稳妥，东光在填报志愿时，只填报了几所中专学校，最终以高分被吉林省政法干校普通中专班录取，这所学校也在长春市。32

年过去了，我还依稀记得，东光去报到时，我已先期抵达长春市。在他的宿舍相见后，我们一起去了他们学校附近的南湖公园，我们弟兄两个在绿草如茵、鲜花争艳、树影婆娑的南湖岸边，坐在长条椅上，坐了那么久，谈了那么多……

东光早我一年毕业被分配到了哲里木盟人民检察院当了一名检察官。他是个低调谦谨、公道正派、肯于奉献的人。这些年来，无论是晤谈，还是通信、通话，他都很少向我谈及他的进步与升迁，但龙哥和他离得近，常告诉我一些有关他的消息。东光毕业后曾先后担任过检察院的办公室副主任、调研室主任、办公室主任，十年前提为政治部主任，五年前又担任了副检察长。一个多月前，龙哥打电话告诉我："报纸上公示了，东光被提成正处级的副检察长了。"在学历方面，通过自学及函授学习，东光早已获得了大专和本科毕业文凭。只是在生活方面，东光家的日子好多年都过得十分拮据。一方面是由于他的妻子下岗失业过早的原因，另一方面的原因，我想与人们对他"时刻注意廉洁自律"的评价不无关系。五年前我回甘旗卡探亲途经通辽去他家时，他虽然刚刚迁入了新居，可家里连简单的装修都谈不上。家具、家电不多，有的也已十分陈旧了。记得当时我十分感慨，幽默地说了一句："这样的领导干部的家，如今可是太少见了！以后你会分管反贪局的工作的。"我的这句话日后得到了应验。东光在担任副检察长后，果然分管了反贪局。龙哥在告知我这一消息时也说："东光管这摊儿工作，忒合适了！"

由于父母工作调动，1978 年底，我家从常胜搬到了甘旗卡。当时，陈良已从部队退伍，在旗里的农机局当了名小车司机；建华和白乙拉通过落实冤假错案政策被招工到了甘旗卡，建华到旗民族旅社当了名锅炉工人，白乙拉到旗印刷厂当了名木工。从那时开始，每逢我放假回家，我们都能相聚。

在那个年代，甘旗卡大街上的小轿车还很少，北京吉普也不过才有那么十辆八辆的。有一次，我正在大街上走着，陈良开着崭新的吉普停在了我身边，并打开了副驾驶座位的车门。"快上来吧，兜兜风！"我见车上没有别人，就上了车。"兜兜就兜兜吧，沾你的光！"我边说边关上了车门。那是我平生第一次坐小汽车，感觉就像变成了电影里的解放军首长似的。当时，我哥还在乡下当小学老师，一家人住在离甘旗卡有一百多里路的一个偏远村子里。有一年过年，哥哥一家想回甘旗卡团圆，我们也都盼着他们回来。可是都到腊月二十九了，明日就是大年三十了，哥哥却打来电话说，还是没车可乘。这可怎么办呢？心急如焚之中，我想到了陈良，找见他说明了情况。陈良当即去找单位领导求情，得到了同意。考虑到哥哥一家五口就已满员的情况，第二天一早，陈良没让我陪同，一个人就驾车上路了。就在"除夕之夜降临，万家灯火点燃"之时，哥哥一家来到了我们的身边。那一幕是我一生都不会忘却的。

经过十多年的努力工作，陈良后来当上了旗农机管理站的副站长。听龙哥说，那份工作每天都要和农牧民打交道，和各种拖拉机打交道，而农牧民使用的拖拉机往往是不按规定上牌照的，农牧民拖拉机手的驾驶水平有不少又不怎么高。但陈良干得不错，他既严格管理，又注意工作方法，交了不少农牧民朋友。

前年冬日里的一天下午，我正在上班，龙哥忽然打来电话告诉我说："陈良得了肾病，转院到呼和浩特的一家医院看病去了，你去看看他吧。"我当即拨通了陈良的手机号码，与他取得了联系，下班后就直奔他住院的地方找到了他。他正在输液，但见我依然像过去那样笑呵呵的，只是脸色不如以前那样容光焕发了。他说，得的肾炎，有点重，但也不要紧的，还没发展到尿毒症的地步。我说，不能含糊，得好好治啊。他输完液后，我领他到附近的一家饭馆吃了顿饭，他再也不像以前那样举杯豪饮了，连一滴酒也不沾了。他住了一个多月的医院后，我送他上火车回家时，还有说有笑的，走路也挺精神。可万万没有想到，我们那次的分别竟成了诀别，"五一"劳动节那天的通话竟也成了最后的交谈！龙哥告诉我，陈良不是因为肾病去世的，而是由于心脑血管病突发走的。听龙哥说，他那一双同在日本留学的儿女都未能赶回同他们的老爸做最后的话别。他走得太突然了，让人难以接受。他走了吗？我总觉得他没走。他就在我的面前，还是那样身材魁梧，笑声爽朗，眼睛明亮……

在没有经过长期的修炼与改造之前，我的性格与建华的性格非常相像。以前，我在语言表达方面非常迟钝、笨拙，说话的声音也小，在大庭广众之下更不敢也不会畅所欲言、侃侃而谈。与人相见，尤其是与女生相见，总是不大敢直视对方，显得非常羞涩。至于找对象、谈恋爱之类的事，我们更是缺乏自信心，在二十几岁前连想都没怎么想过，就甭谈尝试了。我从大学毕业以后，特别是从事组织工作以后，才逐渐有了一定的改变。而建华呢，至少五年前我见到他时，他还是那么不善言辞，还是那么腼腆。

但他善良厚道，心灵手巧，吃苦耐劳。龙哥说，建华在单位上班时，是全甘旗卡有名的锅炉班班长。他每天不仅将锅炉的火候烧得适度，把锅炉房打扫得干干净净，而且很快就掌握了锅炉与水暖管道的维修技术。别人都说，不管哪儿出了毛病，只要张师傅一鼓捣，准保就好。为此，他曾多次受到单位和上级部门的表扬。后来由于企业破产，他成为下岗工人，但人们也都愿意找他干活儿。因为他不仅活儿干得好，干得快，而且不计较报酬。人们都说他"优点是实在，缺点是太实在了"。

实在有实在的好处，实在有实在的报答。二十多年前，经龙哥介绍，一位漂亮大方、能干又健谈的印刷女工爱上了他，并与他结为连理。婚后，一家人的日子过得其乐融融。更让人羡慕与赞叹的是，他们的爱子聪明伶俐，又好学上进，前些年考入了北京的一所重点大学，毕业后又考入了西北地区的一所重点大学，正在读铁路管理专业的研究生。建华曾在电话里欣喜地对我说，他在儿子身上实现了自己的梦想。听龙哥说，他女儿也很优秀，考入了北京林业大学园林专业读书。

白乙拉的父亲原来是一所小学的教导主任，在"反右"时被开除了公职，连同家人一起被遣送到常胜当农民。在"文革"中，白乙拉一家的遭遇苦不堪言。熬过漫长的艰难岁月后，白乙拉才改变了命运，进城当了一名工人。

在常胜的时候，由于白乙拉家住在村子的西面，他年龄又比我们小，所以龙哥我们虽然和他相识，但接触并不多。由于他曾是我父母的学生，我父亲又有着类似他父亲的经历与遭遇，因此他到甘旗卡后就成了我家的常客，并拜认我的父母做他的义父义母。龙哥原来在酒厂是亦工亦农人员，和东光一样被清退后，又通过"落实政策"到旗印刷厂当了工人，就和白乙拉成了工友。龙哥见白乙拉既是同乡的小兄弟，又相互同情，便对他加以关照和爱护。我每每回家探亲，总能听到白乙拉对我父母称"爸"唤"妈"的话语，也都能在龙哥等弟兄张罗的宴席上见到白乙拉的面孔，久而久之，我也就和龙哥等弟兄一样，把他也视为朋友了。

白乙拉在下岗失业后，曾带着年幼的儿子回到常胜承包了一片沙坨子种树。听龙哥讲，在近两年的岁月当中，他带着儿子就吃住在他在那片沙坨子上搭建的简易窝棚中。后来，他看儿子连话都不咋会说了，才不得不又回到了甘旗卡。结果，受了不少苦，遭了不少罪不说，也没获得什么收益。回城后，龙哥、陈良和建华帮他张罗着开了家小饭馆，饭馆的名字"常胜快餐"还是陈良给起的呢。过了不到半年，我就听龙哥说，白乙拉的饭馆已经停业了。我问原因，龙哥说，可能是由于他文化程度不高，不会算账吧。后来，白乙拉一直靠到处揽木工活儿养家糊口，日子过得挺不容易的。

在创业致富方面，还是龙哥有思想，有眼光，有魄力，有扎实的举措，有显著的成效。1997年，龙哥丢掉了"铁饭碗"后，看准了民用液化气供不应求的市场趋势，便通过民间借贷等方式筹措了40万元资金，在甘旗卡镇郊建起了一座液化气站。经过十年的苦心经营与辛勤劳作，龙哥不仅还完了所有的借款，还用剩余的钱在乡下买了一块可以育林植树的土地，在甘旗卡镇和原籍辽宁省兴城市的海边上购置了几处房屋。近几年来，他又看准了日益紧俏的建筑材料彩钢，帮助和他一样能干的儿子建起了一座资产数百万的彩钢厂。目前，生产经营状况仍是红红火火。龙哥还有一女。女儿从一所艺术学院毕业后，也在北京成家立业了。龙哥最近和我说，他打算再干两年，就彻底地退居二线，带上老伴儿这走走，那转转，轻松愉快地享受生活！我对龙哥说，我的一个在北京读博士、一个在成都读硕士的两个女儿，至少有一个会在北京立足的，等我退休后，咱哥俩一定会在北京举杯碰盏、叙旧谈新的，那该多么惬意啊！

抚今追昔，感受龙哥我们几个的深情厚谊之际，我一直在思考着我们这些小人物的命运以及关于友谊的内涵等问题。我想，我们这一代人，特别是我们这些起初处于社会底层的人，尽管在人生之途上多有不顺，有时甚至走投无路，但凭借着我们的智慧、毅力，更依赖着祖国的发展进步，依赖着改革开放的机遇，终于脱离了困境，改变了命运，或多或少地获得了成功。关于友谊，我想，应该蕴涵着人与人之间的单纯、美好、善意的关系，而并非是功利主义、利己主义的。物以类聚，人以群分。有了最初的交往，并认同为可继续交往的"同类"，就应该珍惜、保持并发展这种友谊，就应该"苟富贵，勿相忘"，苟贫困，也勿相忘。这就是说，友谊应该经得起岁月的考验，经得起跌宕起伏的命运变化的考验。

左起：龙占伟、陈平、陈良、张建华

我想，龙哥我们几个的友谊是真挚的，是永恒的，是经得起考验的。我们为我们这一生所结下的友谊感到无比欣慰、骄傲与自豪。如果有来生，我们还会做永远的好朋友。

2010 年 10 月 18 日

我骄傲　我自豪

改革开放 30 多年来，总有一种满足感、幸福感、自豪感萦绕在我的心头。我总想让人知道，若不是恢复高考，若不是改革开放，我就不会有这种感受，就不会有这种情结。

我骄傲，我自豪。恢复高考是改革开放的序曲。1977 年 12 月的一天，在故乡科尔沁左翼后旗金宝屯小镇上，在飘飘洒洒、轻轻柔柔的洁白雪花中，我怀着一种碰碰运气的想法，勇敢而又胆怯、自信而又自卑地迈进了设在我曾经就读过的金宝屯中学的高考考场。这一迈真让我撞了大运，彻彻底底地改变了命运！我竟然一试而成、一考而中，一个在人生旅途上苦苦行走了近 24 载的下乡知识青年，于 1978 年 3 月的一天，捧着吉林大学中文系的录取通知书，跨进了美丽的吉大校园，成为一名人见人羡的七七级大学生。当年，我们旗有几千人参加了高考，被录取上大学的只有十几个，考入重点大学的只有三五个。当年全国有 570 万人参加了高考，被录取上大学的只有 27.3 万人。

融入莘莘学子当中之后我才知道，当年，考入吉林大学的一千余名同学，有的是从县级领导岗位上参考而被录取的，有的还是五届全国人大代表。我们班共有 80 名同学，分别来自 13 个省、市、自治区，绝大多数来自城里，在农村长大的只不过我们三五个。班里的多数同学已经参加了工作或在部队服役，有的曾在省级机关工作，有的担任过省城的高中语文教师。

我这个生于农村、长于农村并有着许许多多不堪回首的经历的人，能够跻身于这些同学当中，与他们同吃，同住，同读书，真是连做梦也想不到啊！

我出生于内蒙古科尔沁左翼后旗一个叫常胜的村子，祖上为牧民和农民，父母皆为小学教师。常胜地处科尔沁沙地南部的半农半牧区。全村有五分之四以上的土地都是沙丘裸露的荒原。一年四季，除了夏天外，常胜很少有不刮风的时候，常刮得天昏地暗，沙流滚滚。因此，我早就饱受过沙尘暴袭击之苦。常胜距旗政府所在地甘旗卡镇虽然只有 80 里路，可直到前些年才修上柏油路，过去连条沙石路都没有。7 岁那年冬天，我随母亲经甘旗卡去过一趟通辽市。从常胜到甘旗卡，我们乘马车足足颠簸了一天，累得有多难受不说，只记得尽管盖着被子，我还是快冻僵了，牙齿直打战。我 17 岁离开常胜，离开家时，常胜只有公社、粮库、中学、小学、供销社等单位建有几栋砖墙土顶的像样儿点的房子，各家各户住的都是土房。我家是1979年因父母工作调动搬到甘旗卡的，那时常胜还没通电。听人讲，直到20世纪80年代中期，那里的人们才用上电。我是被煤油灯熏着长大并读完小学和初中的。常胜的农业很少有丰产丰收之年，几乎是年年吃返销粮，人们连高粱米饭和玉米面饽饽都常常吃不饱。逢上大灾之年就更不用说了，什么谷糠、高粱糠、榆树皮和白菜根子之类的，我都吞咽过。祖父和曾祖父在世的时候，我家六七年间四世同堂，九口之家，全都住在公社给安排的一间半土房里，一家人就靠父母每月共计百元的工资生活。从上小学二、三年级开始，我便帮助家人做起了担水、做饭、喂猪等家务活，还常常出去砍柴、挖野菜、采野果。平素我们兄妹四个穿的都是带补丁的衣服。过大年的时候，要是能穿上一件新衣服就高兴得直蹦高了，还要到处乱跑向人显摆。

生活上的艰难困苦还可以忍受，最让人感到痛苦、无奈甚而绝望的是精神上长久而沉重的负担。

我父亲曾于1958年初被打成"右派"，母亲出身于贵族官宦家庭。这种情况在我们那，也可以说在一般农村、牧区都是少见的。因此，"文革"伊始，我的父母便都成了"阶级斗争"的靶子，成了"群众专政"的对象。

我是个从小就喜欢读书、喜欢学校氛围的人。然而，1966年的夏季，在我小学刚刚毕业，还只有12岁的时候，升学之路就受到了截堵。当时父母还没被关押。有天晚上，他们从学校回家后，父亲满脸愧疚地告诉我："虽然你毕业考试考得不错，可由于我们的原因，你还是没被录取。"听了这些话，我登时号啕大哭了起来，直哭得天昏地暗，声嘶力竭。当时常胜还没设立中学，上初中要去甘旗卡一中就读，过了些天，我眼巴巴地看着我的几个小学同学，乘上大马车朝甘旗卡方向走了。我该怎么办啊？真是叫天不应，呼地不灵。无奈，我只好辍学在家，以弄柴火、捡野菜以及给父母送饭等来度日。直到1969年秋季，原来的常胜农业中学改成了普通初中，学校将我们两届小学毕业生都招进去读书，我才算又有了学上。可这初中也只读了一年半即三个学期，发给的课本还没学完，学校就宣布我们"六九"和"七〇"两届学生同时毕业了。当时也真不讲理，"七〇"届的学生可以选拔上中专或当工人，而"六九"届的全部回家务农。我们班属于"六九"届。为此，一些家庭"出身好"的还到旗里上访过。我"出身"不好，即使有好事也轮不到我，只有乖乖地回家。我家虽然一直在农村，却是城镇户口，吃商品粮。想要务农也没个去处，只能托人求情，去生产队当编外农民，当农民中的临时工。当时，我哥哥在常胜三队已经这样干了两三年了，我也就去了三队。1971年，从备耕到春种，从夏锄到秋收，我在常胜三队干了9个多月的农活，实在是觉得前途渺茫，实在是缺乏"革命干劲儿"，实在是想求学求知，便又哭又闹地缠着父母想方设法为我联系学校。结果还算不错，经我的一位在金宝屯公社当秘书的表叔帮助，那年10月的一天，我作为插班生进入了金宝屯中学的一个初中班，又成了一名初中生。第二年秋天，我以三个班毕业考试总分第一的成绩顺利升入了本校高中班，并先后担任了学习委员、班长。然而，到了1974年高中毕业的时候，我们全体毕业生面临的去向还是哪来哪去，即农村的回农村当农民，镇上的回镇上待业或打工。像我这样有家回不得的人又该怎么办呢？经向表叔和表婶恳求并得到他们的同意，我寄居在他们家里，在金宝屯小镇上以打工来度日求生。我曾跟着瓦工师傅垒过石头墙，跟着我的表婶打过高粱秸秆捆，跟着电工师傅拉过电线，后来在饭店里跟着面案师傅和面、蒸馒头、包饺子、烙饼。个中艰辛，不言而喻，此不赘述。1975年3月，旗知青办公室的人到了金宝屯小镇上，组织知青下乡插队。我认为自己终于可以走一条名正言顺的路了，终于可以走在"希望的田野"上了，于是便毫不犹豫地带头报了名，于那年的4月5日满怀激情地插队落户到了西辽河畔的一个叫嘎布拉的小村。插队后，我不遗余力地参加并组织农业生产和各类活动，受到了广泛的好评与肯定，先后担任了生产小队的出纳、会计，生产大队的民兵连副连长、团支部书记、公社团委不脱产的副书记等职务，还被旗知青办公室抽调工作过一个多月，当选过旗先进知青代表。然而，就在我感受到天地广阔、前途光明之时，我的生命之树又一次遭受了致命一击。1976年9月，我填写了入党志愿书，同年12月获得了公社党委的讨论通过与批复。可没过半个月，因有人状告我"隐瞒"了外祖父的历史问题，就被否认了党籍。为此，我险些一病不起，险些自己毁灭自己……在一颗屡遭创伤的心转而又树起"经得起暴风骤雨的考验"的信念后，我在那偏远的小村从广播里得知了恢复高考的消息。虽然自己有着一定的基础，并始终没有放弃劳作之余的读书学习，但毕竟高中毕业已近四年，且不敢误工回家复习，又寻觅不到什么复习资料，更担心还会在政审方面遇到关卡，因此我才说，当年我是怀着碰碰运气的想法，勇敢而又胆怯、自信而又自卑地迈进高考考场的。

　　我骄傲，我自豪。进入吉林大学读书后我才知道，我们的学校居然是东北地区少有的一所直属教育部的重点大学。我们的校长唐敖庆先生是中科院学部委员、著名化学家，在自然科学方面还有余瑞璜、吴式枢、孙家钟等先生；在人文科学方面，有历史系的于省吾、金景芳先生，哲学系的高清海先生，经济系的关梦觉先生，法律系的张公博先生和我们中文系的公木先生。他们都是颇有建树和影响的学者。公木先生曾参加过"左联"，在延安时期就曾创作过许多脍炙人口的诗歌，是《中国人民解放军军歌》和《风烟滚滚唱英雄》等歌曲的词作者。能够近距离地坐在先生的面前，聆听先生讲授知识，释疑解惑，机会该是多么的难得啊！中文系的课程学习，多为了解和掌握中外文学史，多为品读和鉴赏中外文学作品。能够日复一日地享受这种精神生活，该是怎样地称心惬意啊！在大学期间，我和我的同学们还有幸与萧军、冯牧等作家、名人晤面，并倾听了他们有关文学及个人经历的演讲报告，深感受益匪浅，令人永志难忘。

毕业离校后，远在呼和浩特工作与生活的我，一直关注着母校吉林大学的发展与变化。我注意到，吉林大学是第一批被国家批准设立研究生院的学校，也是第一批进入"211工程"和"985工程"项目的学校。合校后的吉林大学含有原来的吉林大学、吉林工业大学、白求恩医科大学、长春科技大学、长春邮电学院和解放军兽医大学这6所高校，是目前我国规模最大的大学。1997年和2001年，我曾两次回到长春并参观母校，在长春市到处都能看到吉林大学的牌匾。同学们告诉我，现在吉林大学的教职工已逾万人，在校生已逾6万人。这些年来，我也注意到，吉林大学的毕业生在我们国家的诸多领域都有着许许多多的栋梁之材。他们当中既有国家级和省部级领导干部，也有享有盛名的科学家、企业家、作家和学者等。就我们班同学而言，有三位担任了省军级职务，有十几位担任了地师级职务，王小妮、徐敬亚、黄国柱、丁临一、王宛平等都成了国内很有名气的诗人、作家、评论家，杨冬、张晶等都已是博导级的教授，而邹进也已是财富过亿的书商了……

我和不少同学相比，虽相形见绌、望尘莫及，但自我感觉还行，知足常乐嘛。大学毕业时，作为当时内蒙古少有的在外地上学的蒙古族大学生，我被分配回了内蒙古工作。首先，让我没有想到的是，曾经有着那样艰难求学经历的我，竟然坐进了自治区计委科技文教处的办公室，开始从事起自治区大中专学校招生计划的具体制订等方面的工作。更让我未曾想过的是，过去连进公社院都发怵，见公社干部都打怵的我，竟然又于 1984 年 6 月被选调到了内蒙古党委组织部干部处，从事对盟市厅局级领导干部的考核等方面的工作。1993 年 10 月，我又被调到了自治区一家大型企业集团，成为领导班子成员之一。2001 年底，我又被调任为内蒙古人民出版社副社长、副总编辑，开始从事与自己所学专业与爱好紧密相关的图书出版工作。2010 年底，我又被提任为内蒙古出版集团监事会主席，成为一名副厅级干部。值得一提的还有，由于多年来坚持写作，虽然没有获得喜人的成果，但也发表了一些文章，出了三本书，先后加入了内蒙古作家协会和中国作家协会。我还先后获得了高级工程师和编审职称，进入了高级知识分子的行列。让人感到满足的还有，大学毕业以前连北京都没去过的我，毕业后几乎走遍了内蒙古，到过全国的多数大城市，还到过美国、俄罗斯、德国、法国等十多个国家。

我们一家

我骄傲，我自豪。大学毕业那年，我就获得了爱情。和我一起相携相伴走过了这么多年的她，是我在金宝屯中学读书时的校友，当时她读初中，我读高中，我们虽然没有接触过，甚至连一句话都没有说过，一个招呼都没打过，但彼此间都留有美好的印象。她是七八级大学生，毕业后来呼和浩特工作，我们一见面，就觉得颇有共同点，颇有缘分。我们不仅是同乡、同学、同民族，还有着类似的经历，有着相近的率直性格，我们很快便坠入了爱河，并于翌年元月结为伉俪。这些年来，我们的小家不仅日子过得步步登高，而且让人感到幸福无比的是，我们于1984年7月1日和1986年2月22日先后有了两个宝贝女儿。在我们的眼中，两个女儿不仅聪明伶俐、活泼可爱，而且好学上进、相貌可人，又十分懂事。她们不仅自幼衣食无忧，而且一路顺利地接受了良好的教育。我们的大女儿多丽娜在小学读书期间，不仅学习成绩优秀，而且业余学习钢琴，取得了中央音乐学院业余考级九级即最高一级的成绩。无论是上初中，还是读高中，她都是以名列前茅的成绩考入重点中学呼和浩特二中的。2003年高考的内蒙古理科"一本线"是445分，她考了498分，成绩虽然不够理想，但也是以较高分数被录取到四川大学华西临床医学院的。在大学读书期间，她不仅是班里第一个成为中共党员的学生，而且还多次受到团省委、省学联和学校的表彰，并获得了首批国家奖学金。大学毕业前，她以全班综合成绩排名第一被"推免"攻读硕士学位。硕士毕业后，到重庆医大二附院工作了一年，又辞职考入了北大生命科学学院攻读博士学位，如今在读博一。我们的小女儿索丽娜在读小学时即与她姐姐学习成绩不相上下。那时，她的业余爱好是美术，也曾多次获得市级比赛奖励。让人格外高兴的是，她12岁那年毕业，适逢呼和浩特二中招收"少年班"学生，在近千名学生参加考试只录取45名学生的情况下，她居然脱颖而出，成为"少年班"的一员。她们班只用4年时间就学完了需用6年学完的初中和高中课程。16岁那年她便参加了高考，并获得了603分的成绩，超出了当年内蒙古理科"一本线"70分。但由于那年她所填报的学校及专业形成了"志愿扎堆"现象而未得如愿，后被录取到了另一所重点大学的另一个专业。她不愿去，又复读了一年。2003年她和姐姐同年又一次参加了高考，最终以裸分超出"一本"线111分的成绩，被录取到了北京师范大学管理科学专业。这一分数是当年考入该校的内蒙古考生中的最高分数。大学毕业前，她以全班综合成绩排名第二被"推免"成为中国科学院数学与系统科学研究院硕博连读的研究生。博士毕业后，她又考入了中国人民大学与中国银行总行国际金融研究所联办的博士后工作站，目前正在做博士后。

　　我们的两个女儿同一年离开了家。孩子们在家的时候，我和妻子虽然在工作上都曾遇到过挫折，有过不少烦恼，可每每听到大女儿的琴声，看到小女儿的画作时，每每听到两个孩子的欢声笑语，看到孩子们勤奋学习的身影时，我们的所有不快便烟消云散了。孩子们离开家以后，虽然家里显得空荡荡的，难免让人产生孤独感、寂寞感。可每每从手机上收到孩子们的信息，从电话中听到孩子们的声音的时候，每每从影集里欣赏到孩子们的照片，从橱柜中看到孩子们的物品的时候，我们就不由得振作起来，就不由得充满了幸福感、慰藉感。有人说我，一谈起有关孩子的话题，就喜上眉梢，不加掩饰，就话多。我承认，我因两个女儿而对自己的人生感到非常满意。

追思往事，联想现实，我深深地感悟到，我的幸福与满足也好，我的骄傲与自豪也好，都源于恢复高考，都源于改革开放。假如没有恢复高考，假如没有改革开放，就不会有我和我的家人的今天，今天的我，就不会坐在这里写就此文。

2013 年 1 月 31 日

有个女孩名叫张辉

　　今天阳光明媚，春风拂面。因为是星期六，闲暇无事，用过早餐后，我步入了距我家仅有二三百米的满都海公园。十几天没来，我忽然发现，公园里的桃花已经开得雪白雪白的了，报春花也开得金灿灿的，还有那草坪上、林木间的小草也露出了或嫩绿或鹅黄的新芽儿。有许多人凑在一个凉亭，在演奏，在歌唱，在欣赏；有不少人聚在一座小桥旁，伴随着音箱播放出的美妙音乐，在起舞，在扭动，在观看。有人在并肩说笑，有人在信步徜徉，有人在静坐思索……当我走在公园中心地带一处用水泥硬化了的场地上的时候，有几个正在滑旱冰的十来岁的男孩女孩吸引住了我。他们是那样的天真活泼、自由自在！更让我惊讶的是，我发现其中有个女孩，她的举手投足、一颦一笑，太像小时候和我一个村子、一个院子、一栋房子里长大，小学和初中与我皆为同窗的女孩了。于是，我便不由自主地在旁边一个空椅上坐了下来，让思绪飘向了远方，飘落在了我铭记在心的那个女孩身上。那个女孩名叫张辉。

有人四五岁开始记事，有人六七岁。我是后者，属于愚钝之人、庸凡之辈。小时候，我们村的公社家属院里有四栋土房，住着二十户人家。多为公社干部的家，也有像我家一样的教师之家。从我记事起，我家就和张辉家同住一栋房子内，两家之间隔有两户人家。当时，我们那个家属院里大大小小有二三十个孩子。可能是由于年龄差距、性格爱好以及大人们的亲疏关系吧，我们都有着自己的小圈子。张辉和她弟弟，我和我妹妹，还有两个男孩，我们几个属于一伙的，老在一起攒，总往一块聚，可以说是形影不离。

起初，张辉父母给她起的名字叫张慧芬，在家里称她为小芬。后来在我们读小学四年级时，应她父母之托，当时在我们学校担任高年级语文老师的我父亲，为她改成了这一沿用至今的名字。不久前，我父亲谈及为张辉改名一事，还显得十分得意，说这名字既体现了当时的时代背景，又包含了老师和家长对她的希冀。

今天我在公园里见到的滑旱冰的小女孩，何以让我感到与小时候的张辉极其相似呢？因为张辉也有着一双忽闪闪的灵动的大眼睛，也有着高挺的鼻梁。她也特别爱笑，一笑便露出一对清晰的酒窝和一口白白又整齐的牙齿。她飞奔起来，也一样地轻快、敏捷。只是小时候的张辉总是梳着一对黑黑短短的小麻花儿辫，而不同于这个女孩的马尾辫。她的穿着虽然也十分整洁，但远不及这个小女孩时尚与新潮。

　　小不点的时候，我们不是揪小花，就是薅小草；不是挖土坑，就是垒土包；不是"过家家"，就是"藏猫猫"。等到稍大点儿，我们不是踢毽子，就是跳绳子；不是下跳棋，就是甩扑克；不是逮蝴蝶，就是抓蝈蝈；不是采山杏，就是摘桑粒儿。不管玩什么，耍什么，张辉都身手不凡、技高一筹，令人艳羡，叫人佩服。那时候村里的孩子们没条件滑旱冰，如果有的话，她也一定会特别引人注目的。

　　我们那个村子地处科尔沁沙地上的偏远地带，资源非常贫乏。在那个年代，村里人从未见过煤炭之类的燃料，街上也很少有卖菜的。像我们这样居住在乡下，吃商品粮，没有一分一亩自留地的人家，无论是人吃的，鸡啄的，猪捞的，还是锅灶底下的烧柴，基本上都要靠家里的孩子们来解决。在春暖花开、万物复苏的季节，每天下午放学后，我们几个回到家里放下书包，都要拎上小镐，提起小筐，一起到村前的田野里去刨小根蒜。再过些天，当蒲公英、曲麻菜露出新芽，展开新叶时，我们便又挎起篮子，放进小刀，结伴朝一个方向奔去，低头弯腰，不停地寻觅，不懈地采挖，将那些绿色食品收集起来。不管有多么劳累，每次我们回家后，都要自己动手，将我们的收获用清水一遍又一遍洗得干干净净的，然后，喜滋滋地端到一家人围坐的炕桌上，大家蘸酱就饭吃。到了百草繁茂的季节，我们更多的任务是为家里养的猪、鸡解决吃食的问题。什么灰菜呀，苋菜呀，车前子呀等等，都是我们手掐刀割的对象。用面袋或麻袋背回家后，或是切开，或是剁碎，或是煮熟，或是生拌，那些野菜就成了替代粮食、糠皮的猪食、鸡食。秋天，我们先是忙着砍蒿子、背蒿子，紧接着便忙着捡拾社员用马车、牛车拉剩下的玉米秸秆，然后一趟又一趟地往家背。在我们长到十来岁的时候，即使是农民"猫冬"的日子，我们也经常去捡牛粪、拾树枝，踢社员秋天割剩下的玉米茬子，依然是用我们的双肩与腰背一趟一趟地往家背。平时如此，寒暑假期间就更不用说了。一年四季，我们除了上学，就是忙于劳作。张辉虽然是个女孩，个头又比较低，但在这些劳作中，不仅不比我们逊色，还往往超越我们这些男孩，让我们赞叹不已。

张辉与我同年上的小学，又在一个班里。小学一、二年级时，我母亲是我们的班主任，到了五、六年级时，我父亲是我们的班主任。如今皆已是耄耋之龄的父亲和母亲，说起张辉来，依然是交口称赞，说她是个好学生、好孩子。张辉一上学就当上了班长，二年级上学期就戴上了红领巾，三年级一开学就当上了大队委员。她不仅学习好、劳动好、体育好，是不折不扣的"三好学生"，而且还非常乐于助人，热衷于班级和学校开展的各项活动，是一个全面发展的好学生。而我呢，在一、二年级的时候，虽然学习成绩还能和她比个高低，但是太淘气、太不听话了。有一次，坐在我前排的一名男同学抻着脖子听课，挡住了我的视线，我竟操起地下放着的炉钩子，朝人家的后背捅了过去。还有一次，全班同学到一个生产队的场院里去扒玉米，我竟将一颗玉米棒子甩到了一个男同学的头顶上。又有一次，由我们小组做值日，我认为自己该做的那部分做完了，背起书包就要走，气得担任我们小组组长的女同学迅速找来了我母亲。我不听母亲的话，朝回家的路上跑了过去。结果，母亲又找来了父亲，父亲握着一根树枝向我追了过去，对我一顿抽打。我这一系列"恶劣的行为"，让我的父母格外头痛与伤心，一再说我是个不可救药的坏孩子。我是从何时起开始转变的呢？尽管半个世纪的时光都消逝了，可我仍然历历在目，仿佛就在昨天，仿佛还在身边。那是在我们读三年级时过"六一"，新任我们班的班主任兼少先队大队辅导员老师，安排我们三个同学排练了一个叫作《拔萝卜》的小节目，其中，由我扮演"老头子"，由张辉扮演"老婆子"，由另一个男生扮演"大红萝卜"。我们上台后，"大红萝卜"便侧立在了台子中间，而张辉和我则一个喊着"老头子"，一个叫着"老婆子"，围绕着"大红萝卜"扭动、呼叫了好一阵子，才由张辉和我一先一后分别去"拔萝卜"。我们谁都假装没拔动。最后，两个人一齐动手去拽那用绿绸带做成的萝卜缨子，合力朝前猛拔，才将那"大红萝卜"拔倒了。之后，那个扮演"大红萝卜"的男生便掀掉伪装笑嘻嘻地站起来，我们两个也一左一右与他站在一起，共同弯腰敬礼，这个小节目也就结束了。在此之前，观众席上早已响起了热烈而持久的掌声。哪曾想，打那以后，有些调皮的同学就在我和张辉的身前背后或大声或悄悄地朝我们喊起"老头子""老婆子"来了。大约过了一个学期，才算罢休。哪曾想，打那以后，我便由一个好动的淘小子变成了一个爱静且听话的好孩子。哪曾想，打那以后，我便暗下决心，时时处处、方方面面都以张辉为楷模，好好向她学习。其效果也十分明显。我在那年儿童节戴上了红领巾，在四年级上学期戴上了"两道杠儿"，在五年级上学期戴上了"三道杠儿"。但我总觉得无论如何我也比不过张辉，心想不论是眼下，还是长远都要向她学习。令人难以忘却的往事还有，从四年级开始，我们几乎在同时，有了一个共同的爱好与乐趣，那就是看大部头的长篇小说。记得我们最早看的几部都是我母亲在通辽师范读书那两年拿回来的，藏在我家箱底，有《红岩》《青春之歌》《红旗谱》《钢铁是怎样炼成的》。我每看完一部，便拿给她看，她看完一本，便又急着向我索要。我家的书看完了，她才拿出她家的。她家的藏书有《野火春风斗古城》《暴风骤雨》和《倪焕之》。两家书都看完了后，我们便分头去打问，各自去求借。记得我们借回的有《母亲》《童年》《家》《春》《秋》《三家巷》《苦菜花》等等。不管哪本书在手，我们都如饥似渴、如醉如痴地看。有时家里人招呼吃饭，招呼了多少遍，我都舍不得把书放下；有时煤油灯的火苗都燎着了我的眉毛和发梢，我才知道自己该休息了。文学是人学。书籍是人类进步的阶梯。那些小说中的人物形象和故事情节对我们的影响是潜移默化、刻骨铭心的，不仅让我们初识了"大千世界，无奇不有"，还在我们的心灵深处打上了时代的烙印。

　　然而，就在我们充满了梦想与幻想，并为实现而孜孜以求、不懈拼搏之际，那场史无前例、惊心动魄的运动席卷而来，一直延续了十年。那年，正值我们小学毕业，本该通畅顺达的升学之路就被残酷地阻断了。至今我也不知道我的升学考试成绩，恐怕永远是个不解之谜了。我只是从父母的口中得知，因他们的"问题"，我被取消了进城上学的资格。当时，我才刚满12岁。张辉呢，倒是乘上一辆马车走了，可第三天就又返回了，因为校方告知他们，学校停止招生了。从此，我们就相继开始了为父母送饭并担当起家庭生活重负的艰难岁月。从此，我们便过早地失去了童心。从此，我们就担惊受怕地不敢在一起多聚，而有些疏远了。虽然三年多后，我的父母和她父亲都从监牢里被释放出来，但我的父母"问题"依旧。因而，虽然我们又在村里的由原先的农业中学改办的普通中学读了一年半的初中，又同在一个班里，我也没敢走近她，而总是自觉不自觉地避开她。

初中毕业后，因那两年高中不招生，我们又都没有了读书的机会，也没有就业的机会。无奈之下，不得不去给生产队打工。她去了村西的二队，我去了村东的三队。一年后，我倍感身心俱疲、痛苦不堪，便漂游到了百里开外的一个小镇上，通过亲属的关系，又重读了一年初中，继而又读了两年高中，毕业后滞留在那个小镇上又打了一年零工，接着又随大流插队到了西辽河畔的一个小村当了整整三年的知青。国家恢复高考后，我才成了莘莘学子中的一员。可张辉呢，尽管那些年我也回过几次家，但一直也没有勇气去见她，听家里人说，她在生产队苦苦挣扎了六七年才入了党，当了名公社干部。

我是从插队的小村直接去吉大上学的。直到那年暑假回家，我才特意去看望了她一次。多年未见，她已经出落成一位亭亭玉立的窈窕淑女了。她的一双眼睛依然是那样灵动，她的笑靥依然是那样引人注目。只是交谈间，我们都显得十分拘谨，话也少了，她的话语中还不时流露出淡淡的愁绪。我们很快便结束了那次会面。

自那次相会以后，由于我父亲调到了旗里工作，我家也迁入了县城，我们就离得更远了。十几年后，有一次我回家探亲，县城的童年好友邀我故地重游时，我才又见了她一面。她当时担任信用社主任，工作干得不错，日子也过得蛮好，我很欣慰。从此以后，我们再也未得晤面。

我曾多次凝思，假如没有那场运动，假如我们能像现在的孩子们一样按部就班地读书考学，张辉的人生轨迹该是怎样的呢？我想她一定会远远超过我，成为一个出类拔萃的人。

今晨，我在公园里发现了一个小女孩，她的体貌与身影让我想起了张辉。今夜，我在我的书桌上不停地走笔，留下了这篇文章。

如今，你和你的先生、我和我的老伴都已陆续到了花甲之年、耳顺之龄了。这个年龄的人容易怀旧，容易想起珍藏在心底的美好记忆，尤其是小时候留下的记忆。

2014 年 6 月 11 日

文字，第一次见诸报端

　　无论是名人名家，还是普通作者，当你的文字第一次刊行于世的时候，你一定会格外激动并终生难以忘怀。那些文字哪怕是很普通的内容，哪怕只占了豆腐块儿大小的版面，也是如此。走出大学校门三十年有余，我在自治区级乃至国家级报刊上发表的各类文章总有百多篇了，不计合作，自己创作并出版的图书也有三部了，可让我感到最兴奋、激动，也让我记忆最深刻的，还是我在就读高中期间在地区小报上发表了一篇小评论时的情景。尽管那篇文章只有七八百字，刊载的报纸也只不过是家乡的一张小报。

　　我虽然生长在科尔沁沙地上的一个偏远乡村，但受到皆为小学教师的父母的教育与影响，从小就喜欢读书。然而不幸的是小学毕业那年，我才十二岁，就赶上了"文化大革命"。那个时期，我国的教育事业受损极其严重，完全脱离了正常轨道。其间，我曾三次被动辍学，大好年华被拒之校门之外，无学可上、无书可读。有着如此经历而又十分渴望读书的人，一旦获得了上学读书的机会，怎能不倍加珍惜呢？

我是小学毕业后辍学三年，初中毕业后又辍学一年，十七岁那年背井离乡、投靠亲属，漂泊到外地的一个小镇上，才得以重读一年初中，继而进入高中学习阶段的。由于我在第二次初中毕业考试时获得了全年级三个班总分第一名的成绩，所以一上高中，班主任老师和同学们便推举我担任了学习委员。没过两个月，又让我担任了班长。

我后读的这所中学是"文革"前设立的一所初中，"文革"中又增设了高中班，从校舍、师资、生源等各方面条件来说，都要比我先前读的初中要好得多，因为先前读的初中是由"文革"前的农业中学改为普通初中的。让我一直感到特别幸运的是，那些年这所学校的老师多为大学毕业生，其中有不少是"文革"初期从北京师范大学、华中师范大学、南开大学、内蒙古大学、内蒙古师范学院等高校分配去的。他们不仅有学识，而且非常敬业，这使得我们这些学生，特别是像我这样好不容易获得读书机会的人，求知的欲望更加强烈了。怎么说呢，用孜孜不倦、矻矻终日来形容我那时的学习劲头都不为过。

然而，"文革"那些年，政治风波说起就起，运动狂澜说来就来。就在我和同学们还算安静地读了两三年书的时候，社会上又掀起了一场"批林批孔"运动，接着，在教育领域又掀起了一场"反对智育回潮"的风波。"批林批孔"对我们学校的冲击还不算大。记得为了写批判稿,我还读了一些孔孟的篇章与段落。虽然对不少词句都不甚了了,但也积累了一些古代汉语方面的知识。最让人难以接受的是"反对智育回潮"很快就把学校正常的教学秩序打乱了,搞坏了。如今我还清晰记得,当时,北京的一所小学在考试过程中出了这样一道地理题:从北京到广州该如何走?有个叫黄帅的学生在考卷中没有直接答题,而是写了一首打油诗:条条大路通广州,老师何必硬强求。拐弯抹角不算远,出题不严使人愁。以常人的眼光和心理对待这件事,也没什么大不了的吧。可那年头有人却小题大做,上纲上线,做起了大文章。一时间,全国上下各种媒体都纷纷发表大批判文章,把矛头指向了教育路线、方针及政策,有的还指向了一些教师。这样做,竟然是要鼓励学生成为"头上长角,身上长刺"的"革命接班人",这岂不荒诞之极!在这种形势下,我们学校也有学生贴出了大字报,点名道姓地揭批老师。在我们班,也有同学不正面回答老师的提问,不接受老师的批评,还和老师顶嘴;还有些同学在自习课上大声喧哗,我这个当班长的也难以制止。更让我意想不到的是,有天下课后,在我毫无提防的情况下,有两个同学竟突然上手,从我的上衣兜里抢走了由我保管的全班同学前不久到火车站装卸货物赚来的几十元班费。还有一天晚上,不知是谁,乘我到食堂打饭之机,将我放在教室书桌里的书包,丢到了教室后面的一处林地里,幸亏被两个去散步的同学发现后交给了我。更令人愤慨的是,有一天,我们的班主任老师被旗教育局抽调,准备去参加当年的中小学招生工作，都上火车了，硬是被我们班的几名同学拉了下来，而未成行。当时我的想法是，学生就应当热爱学习，尊重老师，而不应放任自流，胡作非为；作为学校和老师，就应当以传授知识为主，要对学生严加管教。然而，当以上种种现象发生后，面对学校的乱局，我发现学校的领导和老师们似乎都不敢碰硬而有些撒手不管了。这怎么能行呢？经过一番思考，一天晚上，可以说是在情急之下，我在教室里文思泉涌，也就半个多小时，写下了一篇题为《万万不能大撒手》的小评论文章，投给了当时我们学校订得最多的地区小报《哲里木报》。

我从小学四年级开始，在担任小学语文教师的父亲的鼓励下，就曾给《中国少年报》和《儿童时代》等报刊投过稿。结果不是泥牛入海无消息，就是收到写有编辑的几句鼓励话语的信函而已，从来也没见到我的文字能刊登在报刊上。而这次，不仅我在写作中没费多少工夫，可以说是一蹴而就，而且见报后，我的稿件基本上是原文照登，只删掉了一个关联词"如果"。我想，这与我的写作水平有了一定的提高，我的这篇短文是有感而发，报社方面与我有着同感都密不可分。

我在将稿件投出去一周后即收到了报社专门寄给我的一份报纸。当我在学校的收发室里拆开写有我的地址和姓名以及报社的名称和社址的信封的时候，我的心跳便陡然加快了；而当我展开里边装着的一张《哲里木报》，一眼看到我的那篇文章的题目和我的姓名的时候，我的心都快要跳出来了，眼睛也模糊

113

了。回到教室后，我悄悄地把那张报纸看了两遍才放进了书包。尽管我没张扬，但校内的不少老师和同学都知道了，因为它是公开出版物，而且学校里订有不少。班主任老师见了我说："你写得不错，可面对这种局面，学校和老师是无可奈何的。"有个抢过我保管的班费的同学见了我说："就你嘚瑟。"

我的那篇短文对于学校的乱局根本起不了任何作用。没过几天，学校便宣布停了我们毕业班的课，安排我们到小镇上的拖修厂、农机厂等工业企业学工去了。学了一两个月，我们便高中毕业各回各家了。我因家庭出身不好，是有家也回不得的，便滞留在那个小镇开始了为时一年的打工生活，之后，又度过了三年下乡插队的务农生活。直至 1977 年国家恢复高考，我才又有学可上，有书可读。

我的第一次文字见诸报端的经历，对于我后来的成长进步有着很大的促进与推动作用。打那以后，我起码对自己的写作能力有了一定的信心，因而才在高考中连同附加题写了两篇作文，并在填报高考志愿时选择了吉大中文系；因而才在大学毕业后无论从事什么工作都总是笔耕不辍，并先后加入了内蒙古作家协会和中国作家协会；因而才在我人生旅途上需要重新抉择的时候，最终选择了图书出版这个行业，直至退休也无怨无悔。

2014 年 7 月 8 日

仅此一回而已

　　说起来既可怜又遗憾，既可笑又心酸，本人在以 28 岁大龄离开大学校园之前，竟然在情史上一片空白，缺少点滴的经历与体会。记忆中只能搜寻到一回算作相亲的情节，仅此一回，仅此一回而已。

　　仅此一回，实属稀奇，实属珍贵，值此同窗学子为纪念毕业 35 载征文之际，我愿以此文，权作一朵小花，奉献给我们这个集体。

　　那么，本人既非身短脑残又非丑陋不堪，既非独身主义又非志在僧寺，何以在青葱佳期落得个那般悲摧境地呢？这对于后生晚辈来说是难以理解的，而对于我们这些过来人来说，则是一点即明，不必详说的。在"文革"当中，我是因家庭出身不好，又由于背井离乡，居无定所，业无着落，才没有资格，也缺乏信心和勇气去谈情说爱的。我的父亲、母亲虽然都只是不起眼的乡村小学教师，可父亲曾被打成过"右派"，母

我们俩

亲又是地主的女儿，有着这样的家庭出身，谁家的女孩儿还敢靠近我呢？自十七岁远离父母外出谋生起，也曾有那么几个女孩儿向我暗送秋波，我也对她们另眼相待，可为了彼此的前途和命运着想，我也只能是痛下决心，坚持做一个不敢越雷池一步的"苦行僧"了。

然而，我在吉大中文系读书的四年里，虽深受中外文学名著中永恒主题之诗文持久而强烈的熏染，但除了那仅此一回的记忆外，竟再无罗曼蒂克般的往事可以回首，大概是理智时时战胜感情所致。不知各位记得与否，在我们入学教育的大会小会上，校、系领导和辅导员老师都曾一再告诫、叮嘱我们，在校学习期间不要谈恋爱，一是会影响学习，二是会影响毕业分配。对此，同学们议论纷纷，大多数人认为，学习方面倒不见得会影响多少，也许还会提高学习的劲头呢。但影响毕业分配却是非常值得考虑与重视的。因为我们是重点大学，面向全国分配，男同学和女同学形成恋爱关系的，毕业时很有可能被分配到两地。这怎能不令人担心呢？更何况有前车之鉴。我的一位老乡"文革"前毕业于吉林工大，分配到了一汽工作，可他是在老家娶的妻，有的子，十几年过去了，直到我入学时，他依然过着牛郎织女般的生活。无奈，他只好做出牺牲，调回了我们旗。团聚倒是团聚了，可他到了那里哪有用武之地啊！老师有言在先，老乡又有先例，我作为一个平民百姓子弟怎敢不恪守规矩呢？

我们上大学的四年间，在校园里是很难看到有男生和女生在一起并肩而行、牵手出入的。有勇者，如吕贵品、时光，所觅女友虽然皆为外校女生，但在大二之前也未敢偕其在同学面前一展风采，只是到了大三之后见风声不那么紧了，才渐渐地敢在众人面前露了脸，让大家熟悉了起来。关于徐安和张丹、曾宪斌和于舸等人，真让人仰天叫绝啊！他们的地下活动也进行得太隐蔽了！我和老徐、小曾一个寝室住了四年，竟然没有发现一点迹象，直到毕业前夕他们公开了，我才不得不惊叹"原来如此！"后来，我曾多次联想，难怪我们班有好几位同学分配到了国家安全部门工作，他们的保密意识就是强，保密工作做得就是到位。当然，这句只是笑谈。

大三的时候，学校有关不准谈恋爱或不提倡谈恋爱的规定的落实有所放松。但公开恋爱的仍然很少，地下活动盛行。据统计，毕业前仅我们班同班同学就有 6 对儿结成了"在天愿作比翼鸟，在地愿为连理枝"的关系。不然，像我这样思想观念老旧，在女生面前严重缺乏自信和勇气的人，也不会留下那仅此一回的记忆。

我们班有几位年龄较大被我们称为"老先生"的"老高三"毕业的同学。他们在上大学之前几乎都有了家室。王振坤同学便是其中之一。他入学前是长春客车厂子弟中学的高中语文教师，我和他交往较多，晚饭后常一起散步，还曾受邀去他家吃过两次饭，我一直尊称其为王兄、王哥。记得是在大三下学期刚开学不久的一天傍晚，王兄叫我出去散步时一本正经地对我说："我想给你介绍个女孩儿，哪方面都挺好的，和你嫂子在一个纺织厂上班，正在读电大，学理科的。"我把各种不能见的理由说了一遍后，王兄还是不依不饶地说："见见，必须得见见！"无奈，我只好表示可以。

就在那个星期的星期天下午 3 时许，我怀着矛盾的心情登上了通往王兄家的无轨电车，不到 1 个小时便敲响了他家的房门。一家人都在，都热情地欢迎了我，尤其是嫂夫人，不仅笑不拢嘴，而且还向我说起了要与我见面的她的好友的种种好处，让我心里很温暖。按照约定的时间我提前了一二十分赶到，而嫂夫人的那位好友刚好是掐着钟点儿到达的。当嫂夫人的好友出现在我面前的时候，我的心中紧锣密鼓般地突然响了起来，浑身上下的体温一下子开了锅似的沸腾了起来，以至于我连事先想好的向人家打招呼的话都没有说出来，只是呆呆傻傻、一动不动地站在那里，不知如何是好。该怎样描述她在我心目中的美好形象呢？她的面容是那样的白皙、红润，她的双眼是那样的清秀、灵动，她的身材是那样的匀称、姣好，她的衣着是那样的淡雅、整洁，她的举止是那样的文静、柔美，她的话音是那样的清脆、动听……直到现在，我依然觉得，她就是一个仙女飘飘然降临到了我的面前，让我神魂颠倒，令我如醉如痴。我是如何改变窘态、脱离窘境的，事后已全然忘记了，只记得王兄和嫂夫人都催我们出去走走，我们便一前一后地走出了家门，朝着附近的一条马路，虽然是肩并肩，却也保持了足有一二十厘米的距离，不快不慢地走了过去。在那段路程中，我多想再仔细瞧上人家几眼啊！可我连那点勇气都没有。如今我还清晰地记得，那天我是穿着一双解放鞋与人家压马路的，因为我一直低头走路，目光一直对着我的那双黄色胶鞋。好在那时汽车很少，那段马路上行人也少，不然，恐怕我也会像与我同寝室的老霍一样了。老霍在一次和女友约会并肩前行时，一不留神，竟被一骑摩托者撞了个人仰马翻，嘴角血流不止，到医院缝了好几针。在那三四公里的路程当中，我和那位仙女都谈了些啥，时至今日，也不记得几句了，只记得我没有忽悠人家，而是实话实说，说我毕业后很难留在长春市，也很难分配到呼和浩特，很有可能要回到通辽或者是甘旗卡。如此这般，还有谁敢与我接着谈，继续处呢？何况，我的各方面条件都一般甚至可以说是"比较困难"。

结局自然是没有一点悬念。过了一周，王兄怕我伤感，婉转地对我说："你若是说能留在呼和浩特就好了。"我说："我从来就没有抱太大的希望，我能够走出农村，走出草地，娶上媳妇，就非常知足了。"不过，我在内心深处还是十分感谢王兄和嫂夫人的，他们让我拥有了一段不会忘却的记忆。

大学毕业时，按当时的有关政策，作为蒙古族大学毕业生，我被分配到了内蒙古自治区的首府呼和浩特工作。步入工作岗位后，我才开始踏踏实实地寻觅终身伴侣。而此前，我只有那么一次经历，仅此一回。让人追悔莫及的是，我连其芳名都未得铭记。

我们那个年代就是如此，而如今别说是去北京，到上海，赴深圳，哪怕是跨洋出海，定居国外，只要男女双方彼此看好并相依相恋，就能够终成眷属。

2015 年 12 月 5 日

人生，我的两大成功

  曾宪斌同学在微信上借用"是金子总会发光"这句话，说他当年如果不参加高考，在部队也会干出个名堂来。他上学之前是名海军战士。我不赞同他的观点，认为他的话缺乏普遍意义。因为，如果不是恢复高考，像我这样"家庭出身不好"的学生，即使学习再好，才能再大，被埋没在社会底层，也很难出土、发光，根本不会有所作为。举个例子，在"文革"当中，我连个当兵的梦都没做过，因为我们这样的人是过不了政审关的，部队是不会招收我们的。所以，我常想，也常说，若不是恢复高考，就不会有我个人命运的巨大改变。回首往事，概括人生，我总是坚定不移地认为，我这一生有两大成功，都因为高考而获得。我的一大成功，就在于我参加了恢复高考后的首次高考，并一举成功，成为一名七七级大学生；我的又一大成功，就在于我的两个女儿都通过高考进入了名校，而且一路走来，两人都成了博士，其中一个还成了博士后。我想，她们的成功也就是我的成功。得益于这两大成功，我才深深懂得了什么是幸福、快乐和满足。

当年我所考入的吉林大学中文系七七级只有一个班，全班同学足足 80 人。有的来自工厂，有的来自农村，有的来自机关，有的来自部队，有的来自学校和文化单位，等等；有的读过高中，有的读过初中，有的读过中专，有位同学还曾是"工农兵大学生"；年龄最大的 32 岁，最小的只有 16 岁；有的已为人父、人母，有的还是父母眼中刚刚离家外出的孩子。这些大学生虽然尚属青年与少年，可大多都在人生旅途上遭遇过坎坷曲折、艰难险阻，在记忆中都留下了不少纷繁复杂、跌宕起伏的人生往事。我的入学年龄是 24 岁，原有学历高中，职业为农民，美其名曰下乡知青，来自科尔沁沙地上的一个小村。用这几句话很难表述和反映出我此前的多舛命运与不幸遭遇，也就难以体现其典型性。因此，我只能在限于篇幅的情形下，稍稍叙述一下。

众所周知，知青是知识青年的简称，是"文革"当中对一批又一批、一群又一群下乡到农村安家落户，参加生产劳动的城镇初高中在校生和毕业生的称谓。我原本不是城镇里的人，生于农村，长于农村，只因是城镇户口而吃供应粮，自1975 年起，组织上也安排此类人插队下乡，才成了一名下乡知青。我生长于科尔沁左翼后旗一个叫常胜的村子，父母皆为村里的小学教师。忆及童年，虽然生活条件十分艰苦，但值得欣慰与怀念的是，读小学时，我也是个爱学习、爱劳动的好孩

子，曾佩戴过"三道杠"，做过长大要当作家或记者的梦。我
12 岁便读完了小学，并考上了旗里的一中，也即汉族地区的
县一中。然而，天有不测风云。就在那年，"文革"来了，也
席卷到了我们那穷乡僻壤，倏然间，我的父亲因曾为"右
派"，而又重新被扣上了"帽子"，我的母亲也因是地主的女
儿，而被打成了"阶级异己分子"，从此，二人便都成了被专
政的对象。我也被取消了升学资格。呼天天不应，叫地地不
答。我只好逆来顺受。从 12 岁到 17 岁，本该是人的一生中读
书求知的黄金时期，而我在那漫长的五年当中，只在设在本村
的由农中改为普中的学校里上了一年多的学，其他时间都花费
在了砍柴、烧火、做饭、挑水和喂猪等辛勤的劳作上。连一本
初中数学、两册语文课本都没学完，1970 年的严冬季节，便
结束了初中岁月，又无学可上了。上天无路，入地无门。我们
这些吃供应粮的孩子，当时只能到附近的生产队去打工，去当
临时农民，只能"吃苦在先，享受在后"，根本没有出路可
言。无奈，我不得不背井离乡，漂泊到本旗一个叫金宝屯的小
镇上，投靠亲属，经其引荐，重读初中，再读高中。越过重重
沙漠的人，最知清清河水的珍贵与甘甜。有学上，有书读，对
于我这个自幼酷爱学习，却一再辍学的人来说，该是多么的机
会难得啊！值得骄傲与怀念的是，初中毕业考试，我竟夺得了
在三个毕业班同学中总分排名第一的成绩，从而顺利升入了本
校的高中班。在高中阶段，我先是当了学习委员，接着又担任
了班长，学习成绩一直领先，还在地区级党报上发表过一篇评

论文章。然而，那年代，即使你天分再高，学习再好，大学也不直接从高中招生，只从社会上招收工农兵学员，况且还注重政审，像我这样的"黑帮子弟"只能是靠边站。有家不能回，出路没一条，何去何从呢？思来想去，我只能滞留在小镇上以打工谋生。我曾为瓦工队的瓦工师傅打下手，搬过石头，和过水泥；为电工队的电工师傅做帮手，递过电料，拉过电线；也曾在饭店里揉过白面，蒸过馒头，压过面条，烙过馅饼，喂过肥猪；还曾为造纸厂打草捆铡过秫秸，压过杠子，勒过钢绳，扛过草捆。凡此种种，百般辛苦，不堪回首。长此以往，有何出路呢？就在我深感迷惘、忧愁与困惑之际，1975 年的清明节前，小镇上去了旗知青办的领导与工作人员，开始动员并组织知青插队下乡了。当知青就有机会入党、招工、提干，我认为是一条可行之路、希望之路，便毫不犹豫地报了名，下了乡。在西辽河畔一个叫嘎布拉的小村，我一干便是三年。三年中，为了干出个人样，打拼出一条亮丽的人生之路，我真是把命都豁出去了，再苦再累也无怨无悔，再险再难也不怕不惧，一往无前，冲锋陷阵，战天斗地，确确实实把自己打造成了一个地地道道且十分出色的农民。劳动之余，我还先后担任了生产队的出纳和会计以及生产大队的团支书和民兵连副连长，还曾当选为公社团委副书记，又于 1976 年底被吸收为中共党员。当时，扎根农村干一辈子的心思我都有了。然而，就在我意气风发、斗志昂扬地决意夺取更大胜利之时，我的生命之树又遭到了致命一击。在我获得入党消息十几天后，又被通知停止了我的党籍与组织生活。大队副支书告诉我，有人揭发我隐瞒了外祖父的部分历史与现实身份问题，经调查有属实之处。在那个年代，入党与没入党是大不相同的。入党出了问题，仿佛"政治生命"患了重症，一个人就要完蛋了似的。如此这般，我活着还有什么意义呢？记得得知"噩运"的那天夜晚，我独自一人沿着西辽河北岸跑出去好远好远，跑进一片密林后便泪流不止，仰天长叹，觉得天都塌了一般。好在此前我已有过那么多磨难与历练，意志已变得坚如钢铁了。否则，我真的就完蛋了，命归西天了！

当我的人生之旅举步维艰地行进到1977年10月时，有一天傍晚，悬挂在我们集体户附近的一棵大榆树上的广播喇叭，播出了令人难以相信的国家有关恢复高考的消息。过了十来八天，我又从队里新来的报纸上读到了有关文字。那些天，我失眠了多次，经过反复思考，才决定在不请假、不误工的前提下，利用夜晚时间，临阵磨枪，备战高考。因而，我只是在集体户那四壁透风的屋内，在那难以辨认字体偏旁部首的微弱灯光下，翻看了自己手头所存的几册中学课本，随后便于当年12月的一天，奔赴金宝屯小镇，于次日一个雪花飘飘的日子，迈进了设在我曾就读过的中学的考场。40年过去了，我依然记得，那年的文科考题分政治、史地、语文和数学四科，分省命题。当时，我的家乡归吉林省管辖，因此，我们的考题是由吉林省命题的。最后一次走出考场后，自我感觉除了数学考得不好外，其他几科都还可以，比较满意的是语文。那么，我能否实现考前所报的志愿呢？当时，我实在是没有一点把握，因为，第一，不知别人考得怎样，整体上考得怎样。第二，在政审方面，我还不知如何衡量，依然心有余悸。于是考完之后，我也没有怎么在意，就回生产队干活去了。记得翌年元旦过后的一天，我们五六个人被召集到了公社卫生院，要我们参加大中专学校招生体检，我才知道我们这几个人是超了分数线了。至于我的分数多少，至今也没人告知。通过参加体检，我觉得还是有了一线希望了，但依旧还是很担心，担心政审能否过关，因为当时还没有否定"两个凡是"。参加完体检后，回到生产队做完年终会计决算，我便回家过春节去了。过完大年，就是正月初五，又过正月十五。然而，过完十五，我考大学的事还是音讯皆无，我也就不再期待了。不管人生之旅何等艰难，还得继续前行，不懈奋斗啊！想到此，过完十五，我便又登上了通往嘎布拉的班车。

真是好事多磨，喜从天降！1978 年 3 月初，一个阳光明媚的日子，我突然接到了家里拍来的一封电报，告知我已被吉林大学录取，通知书已寄至家中。吉林大学是我填报的第一志愿。获知这一喜讯，我是何等的激动与兴奋啊！记得那天我喝了有一斤多酒，还是彻夜未眠，从过去，到未来，想了好多好多，好远好远。那时候手机尚未问世，固定电话还是手摇的，我们大队只有一部不说，还很难摇通。家里人为了早日让我看到录取通知书，得知有关内容，没过几天，又派我弟弟将通知书和注意事项送到了我手中，并要我赶紧回家，做些入学准备。我想，吉大所在的长春市离我下乡的地方较近，交通也方便，我若再回家一趟，不仅要多花钱，还要绕不少弯路，何不舍远求近，节俭行事？于是，我打发走了弟弟，依然留在了嘎布拉，于 3 月 12 日直接从金宝屯踏上了开往长春市的火车。哪曾想，我是早上上的火车，而那天晚上，母亲一路辗转赶了过去，遗憾的是未能与我见面，直到暑假，我才得以与家人相见。

入学后不久，我逐渐得知，我们班有不少同学阅读过大量古今中外的文学作品，有几位还在省级报刊上发表过小说、诗歌、散文等文学作品。而我呢，只读过屈指可数的十多部当代与现代的中国文学作品，李白、杜甫、白居易的诗都很少读过，更没背过。开学没几天，班里搞了场联欢会。会上，当时带有较重南方口音的曾宪斌同学，从衣兜掏出了一首他写的诗，要我替他朗读一下，我竟将"苍穹"的 qióng 音，读成了 gōng 音，引起了一阵哄堂大笑。丢人不丢人！还有一次上政治课，老师将我叫起，让我回答"概念的内涵和外延"这个问题，我竟不知如何回答。老师让我坐下，又叫起了班里年龄最小的同学霍用灵，他马上做出了正确的回答。这又让我多么难堪啊！为此，我怎能不刻苦努力，穷追猛赶呢？无论是节假日、星期天，还是清晨、夜晚，我都和同学们一样拼搏，几乎将时间和精力都用到了学习上。四年大学生活，虽然有如我的名字，平平静静、平平凡凡，但我总觉得那是我有生以来，最为充实、愉悦、顺遂的岁月，因而也是最为幸福的岁月！

　　我们大学毕业的时候包分配，且分配去向很好。当时，我作为为数不多的教育部直属重点高校毕业的蒙古族大学生，被分配回了重新恢复区划后的内蒙古工作。近33年间，我曾先后在内蒙古计委、党委组织部、内蒙古医药集团、内蒙古人民出版社和内蒙古出版集团等单位工作。其间，我不仅走遍了全区12个盟（市）和大部分旗（县），而且还到过包括香港、澳门、台湾在内的全国所有省（区、市），还去过德、法、意、美、日、俄等10多个国家。无论是在计委编制大中专学校招生计划的过程中，还是在组织部考核盟（市）厅局级领导班子和领导干部之时，无论是在国有大型企业任职期间，还是在出版社任职之时，我都曾浮想联翩过，若不是恢复高考，我这个乡下孩子，何以能有今天！无论是行进于罗浮宫、凡尔赛宫内，还是仰望于科隆大教堂外，无论是漫步在普林斯顿大学校园里，还是攀登在南非好望角的灯塔山上，无论是进出于托尔斯泰故居，还是伫立在埃及金字塔遗址，无论是举目于富士山前，还是眺望于大西洋边，我都冥思苦索过，若不是恢复高考，我这个下里巴人，何以能在这里！近33年间，我始终没有放松学习，笔耕不辍，曾先后在报刊上发表过百余篇文章，出版过三本著作和一本译作，先后加入了内蒙古作协和中国作协，圆了我的作家梦。我还受聘担任过《实践》杂志的特约记者，算是圆了记者梦。尤其难得的是，在出版社工作期间，我还评上了编审职称，从而，也实现了我在大学期间做的图书编辑梦。三梦成真后，我想，虽然我与不少同学相比，依然存有差距，依然相形见绌，但是，与自己的过去相比，还是大有进步的，因而也是无愧于吉大毕业生的身份的。

长江后浪推前浪，青出于蓝胜于蓝。恢复高考，参加高考，不仅改变了我的命运，而且明显影响到了我的两个女儿。应该说，我的人生由于她俩参加高考而一路高歌猛进地前进，有了新的更加完美的意义。

我的妻子是七八级大学生，毕业于自治区内的一所农牧业类高校，与我是同一个地方、同一个民族且就读过同一所中学的老乡。虽然我读高中时，她读初中，她认识我，我不认识她，但相聚于呼和浩特后，我们一见如故，情投意合，很快便缔结姻缘。1984 年 7 月，我们喜得长女；1986 年 2 月，又有了第二个宝贝女儿。这两个孩子自幼便聪明伶俐，好学上进，带给了我们无限幸福。

我们的长女多丽娜读小学时，就曾获得过全国数学比赛金奖；读初中时又获得了全国数学比赛银奖；13 岁那年，她就获得了钢琴业余考级九级即最高一级的证书；初中升学考试，她取得了被录取学校呼和浩特二中年级第五名的佳绩；高中毕业，她以优异成绩考入了四川大学华西医学院，大学在校期间，她是班里第一个入党的学生，曾担任过班级党支部书记、学校学生会副主席等多种职务，并获得过第一批国家奖学金；本科毕业时，她以年级总分第一的成绩，被保送为本校攻读硕士学位的研究生；她的硕士论文在她毕业离校之后，刊登在一个国际性权威期刊上。为此，在她工作不到一年时，未经笔试，只经面试，即被北大生命科学院录取为攻读生物学博士学位的研究生。当时，她老公读博尚未毕业，儿子又刚刚出生，是否再读，让她十分纠结。经过再三思考，并得到我们的全力支持，她选择了再读五年博士的艰辛之路。令人欣慰的是，她不仅明年就将博士毕业，而且在读博期间有两项科研成果发表在了 SCI 上，受到了学校的奖励，并被评为 2016 年度北大三好学生。目前，她还在科研之路上孜孜不倦地探索着、拼搏着。她读小学、中学读了 12 年，读大学、硕士和博士读了 13 年，合计为 25 年，时间够长的了！尽管如此，她本人和我们做父母的，还是觉得不虚此生。

我们的小女儿索丽娜比她姐小一岁半，12 岁读完小学，时逢当年呼和浩特二中招考"少年班"，在近千名学生报考，只录 45 名学生的情况下，最终她以名列第九的成绩获得了录取。这个班的学生只用四年就学完了初中和高中六年的课程，并参加了 2002 年的高考。结果，不

小女儿索丽娜

算政策加分，她考了 603 分，还是名列她们班的第九名。这个

成绩在当年报考复旦等校都是能走的，可考前填报志愿，她只填报了同济大学的土木工程专业，在录取过程中出现了"扎堆现象"，名字与分数虽然出了档，却未被录取，而被录取到了兰州大学的旅游管理专业。她不愿去，决意高分复读。第二年，她与她姐同年，又一次参加了高考，结果取得了好于上年的成绩，顺利考取了北师大管理科学专业。本科在读期间，她即在省部级期刊上发表过四篇学术论文。大学毕业时，她以年级总分第二的成绩被保送到了中科院数学与系统科学研究院本硕连读。2012年她26岁，便获得了管理科学与工程博士学位，并考入了人民大学与中国银行合办的博士后工作站。2014年，她以全优成绩出站，留在了中行总部工作。读博期间，她就考取了二级国际金融分析师证书；做博士后期间，又考取了风险管理师证书；今年，又考取了三级国际金融分析师证书。

小女儿索丽娜

　　我经常向亲朋好友说起两个女儿，说起她们在求学之路上取得的一个又一个进步。说起两个女儿，我就兴奋，就骄傲，就自豪，就满足！哪怕有人嫉妒，有人厌烦，有人嘲笑，有人挖苦，我都不在乎！

　　2014年秋天，我成了含饴弄孙的退休老头儿。退休老头儿常常回忆往事，总结人生。我这一生有两大成功：第一大成功就是我本人参加了恢复高考后的首次高考并获得了成功；第二大成功，就是两个女儿受到我和妻子的影响与带动，在求学之路上，都超越了我们！

2016 年 8 月 16 日

多丽娜终圆博士梦

我们的大女儿出生于 1984 年 7 月 1 日，因时逢佳节，故我给她起的汉名叫陈时佳；她自幼聪明伶俐，热情洋溢，肯于钻研，因是蒙古族，我就又给她起了个蒙古名叫多丽娜，汉语意为"炽热、升腾"。

2017 年 6 月 30 日，是多丽娜 33 岁生日的前一天。就在这一天，我和老伴在成都接到了她从北京打来的电话，说北京大学将在 7 月 5 日为她们这一届所有的研究生举行毕业典礼，她将被授予博士学位。然而由于人数过多，学生家长不能参加此次典礼。但在 7 月 4 日，她们专业隶属的北大前沿交叉学科研究院，也将为她们举行毕业典礼，学生家长可以参加。她问我们想不想去。

这可是大女儿一生中的一件大事，也是我们家具有历史意义的一件大事，又适值她的生日，无论如何也要去！到北京去目睹那动人的场面，即多丽娜穿着博士服、头戴博士帽的场面；也为她过个值得纪念的生日。同时，还可以让我们的小外孙见到他的妈妈和正在北京进修的爸爸，我和老伴也能看看在北京工作的小女儿和她的男朋友，真可谓一举多得。说走就走，越快越好！撂下手机后，我和老伴一拍即合，便给多丽娜回了电话，要她赶紧给我们三人从网上买好次日一早飞往北京的机票。

我们的大女儿多丽娜能够获得北京大学的博士学位，和她老公相比，也和我们的小女儿索丽娜相比，实在是太不容易了！不是因为她的能力不行，勤勉不够，而是因为她选择了学制偏长的医学学科所致，也因为她的机遇不够顺遂。不怕别人嘲讽，多年来，我经常满怀骄傲与自豪地向别人谈起我的两个女儿的情况，而且多次在书报杂志上介绍过她们好学上进的事迹。

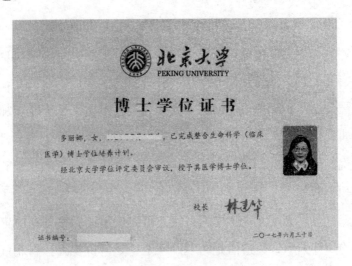

多丽娜博士学位证书

多丽娜是个非常优秀的孩子。从小学到初中再到高中，她都是班里的班干部；从小升初到初升高，她都是以名列前茅的成绩考入呼和浩特市最好的学校——呼和浩特市第二中学的。在读小学期间，她在她妈妈的指导下，参加过全国数学竞赛，一次获得了"华罗庚数学竞赛"一等奖，一次获得了"希望杯数学竞赛"银牌。

多丽娜博士研究生毕业证书

她从6岁起学习钢琴，到13岁那年就获得了中央音乐学院钢琴业余考级最高一级的证书。那些年，我家每天都会奏响或铿锵有力或美妙悠扬的琴声，让我常常陶醉其中。实话实说，若不是高二、高三两年受一些客观因素的影响，她有点沉迷于卡通图书和网吧游戏，致使她的学习状态欠佳，成绩有些下滑，否则凭她的能力，考入北大或清华是不成问题的。尽管如此，2003年参加高考时，她还是考出了裸分高出重点线53分的成绩。她立志做名白衣天使，并看中了百年高校四川大学华西临床医学院。但那年华西不在内蒙古招临床医学专业，她只好在第一志愿一栏中填写了医学检验专业。进入华西后，她发愤图强，全面展现了她的优良品质与才干。五年中，她不仅一直保持了顶尖的学习成绩，而且在班里第一个加入了党组织，还担任了学生党支部副书记。那些年，她获得的各种荣誉和担任的各级各类学生干部职务多得难以述说，为行文简练起见，在此我只提及一个，那就是她曾获得过首届国家奖学金，我曾在《中国青年报》公布的名单上读到过她的名字。大学毕业时，她以全班第一的成绩被推荐免试攻读本校临床检验诊断学硕士学位。这对于许多同学来说就算是不错了，可她却感到有些遗憾，因为当年她所学的专业还没有硕博连读的培养方案，而她妹妹索丽娜已早她一年从北师大毕业，被保送到了中科院数学与系统科学研究院正在硕博连读，五年即可获得博士学位，而她要读完三年硕士研究生，才能再攻读博士学位。而当时，她所学的专业在国内鲜有大学本科毕业生，因而就业形势是非常好的，想去北上广的一些大医院就业也是较容易的。她喜欢读书，执意深造，在一定程度上也受她妹妹的影响吧，也做起了博士梦。于是，她毅然决然地选择了继续读书，决心一步一个脚印地、踏踏实实地不懈拼搏，实现自己的梦想！她是个只报喜不报忧的孩子。攻读硕士研究生3年，我们只知道她一切都顺利，还担任了学院研究生会的学术部长，后来还担任了校研究生会的副主席。直到她毕业之后，我们才知道，那3年，她虽然全力以赴、不分昼夜地投身于学习与科学试验，可由于她与导师没有搞好关系，关系不够融洽，在好多事情上她是碰过壁的，在好长一段时间内她不开心，比较郁闷。在她即将离校之前我们才知道，她的一位硕博连读的男同学在此期间给了她不少关爱,他们相恋了,她准备硕士毕业后即求职并解决婚姻问题。她的那位男同学就是我们现在的女婿,姓刘名太国,重庆市铜梁区一个家境贫寒的农民工子弟。让人兴奋不已的是,多丽娜离开校园后,顺利地成为重庆医科大学第二附属医院核医学科的一名医生,没几天,她的毕业论文也即科研成果被告知发表在临床感染病领域的国际顶尖杂志上,从而证明了她的实力所在。她和太国婚后有了一个活泼可爱又壮实健康的儿子。真可谓喜事连连啊!但让她内心感到有些纠结与遗憾的是,她的博士梦还没有实现,不知何时能够实现。记得就在她刚刚工作不久,我在《中国青年报》上发现了一条有关北大和清华改革博士招生方法的消息,其中讲到,硕士毕业生可以根据自己的科研成果向两校报名,经学校组织专家审核与面试后,考虑是否予以录取。我当即把这一消息电话告知了她,她当晚上网找到了这条消息,并电话告知了还在华西读博的老公。太国说:"你刚工作,孩子又那么小,还要读博,也太不切合实际了。"多丽娜说:"如果有你的理解和两家老人的支持,再大的困难我也会克服的!"结果,我和老伴儿表示全力支持,太国和他父母也拗不过多丽娜的倔劲儿,多丽娜就把孩子暂时交给了她婆婆照看,在材料审核通过后,只身一人赴北京参加面试。在面试中,专家们让她自我介绍后把在 SCI 上发表的论文做了简要的答辩,当晚就决定录取了她。很快,她便收到了北京大学生命科学院寄给她的攻读生物学博士学位的录取通知书。

　　记得是在 2012 年 7 月，多丽娜参加了北大和清华联合组建的生命科学联合中心举办的一期暑期培训，当时我正在北京公出，在她的陪伴下，我俩还进入了北大校园，到生命科学学院和未名湖以及东、西校门等处参观了整整一上午。那次，我还特意为她买了一本名为《走进北大》的书。记得那年 8 月下旬的一天，她乘飞机将我们刚满四个月的小外孙带到了呼和浩特，住了没几天，就眼泪汪汪地登上了开往北京的火车。到校注册后，她又遇到了新的难题，导师告知，她们这批学生，无论先前是本科毕业生，还是硕士毕业生，都要再读五年。这不是要她再读一次硕士，才能进入读博阶段吗？她把这一情况告诉我和老伴儿后，我们都认为，大学生活是值得留恋的，多在北大读两年也好，其他方面有我们做后盾呢。多丽娜听了我们的意见后也表示，既来之，则安之。勇士不走回头路！她一定要把博士读到底！就这样，我们的大女儿在和老公、儿子三地分居，且经济状况不佳的情况下，开始了她整整五年的攻读博士学位之路。好在我这个做父亲的，又把一处闲置的旧房卖了，东借西凑地加在一起，在大女儿开始读博、小女儿考上了博士后的 2012 年，在北京买了一套五十多平方米的又小又旧的房子，使我们一家人在北京有了个家；好在我们的女婿太国于 2013 年博士毕业后有了经济收入；好在北大给多丽娜的奖学金及补贴每月总有五六千之多；又好在我在 2014 年退休回家，可以专心照顾家人了……

　　尽管如此，我们的大女儿在读博的路上还是困难重重。人非草木，孰能无情。何况是甫为人妻，初为人母的她。思念，强烈的思念，无尽的思念，成了她读博路上最初最大的难题。一边是哭叫不已的孩儿，一边是校园在读的伴侣，哪个都是至亲至爱的人，哪个都不在身边相守相伴，让她怎能不百般牵挂、万分思念呢？据她妹妹讲，姐姐每天夜晚都要和老公在手机上见面，每天夜晚都要看儿子的视频，听儿子的笑声和哭声，看着看着，听着听着，便泪流满面……她就劝姐姐，快别读这博士了，不然你会病倒的！要读，你就静下心来。孩子有爸妈照看，姐夫毕竟是个男子汉。你这样下去是不行的。多丽娜是个既充满激情又富有理智的人。经过

索丽娜（左）和多丽娜（右）

不长时间的磨炼，便稳定了情绪，适应了她自己独特的读博生活。她的读博生活，要把主要精力和时间花费在实验室里。她的实验室在北大第一医院皮肤科。她总是早出晚归，双休日和节假日也很少休息，废寝忘食地痴迷于她所从事的科学实验与研究；再加上呼和浩特距北京也不过 500 公里之遥，不是她有时放假回来看看，就是我们偶尔带上宝贝赶去住住。很快，她的思儿之情就不那么走火入魔了。但是，由于条件所限和事物的发展变化，她也没少为家里的事情操心。有段时间，我老伴的身体很不好，病得连行走都很困难了，那时我还在上班，没有退休。太国博士毕业后就业到了浙江省人民医院。无奈，我们和多丽娜商量，只好将孩子送到了北京，再由她送到杭州；同时，邀请她婆婆从重庆乡下赶到杭州去照看她孙子。由于那年杭州的夏天酷热，房价也高，又人地两生的，太国很不适应那里的环境，就与他导师联系并得到帮助，又回到了他和多丽娜都读了 8 年书的成都，在成都市第一人民医院肿瘤科当了医生。由于初来乍到，居无定所，如果将孩子带到重庆乡下的话，条件极差，多丽娜和我们商量后，只好又让她婆婆将孩子带回了呼和浩特，由我们两家老人在一起共同照看。几个月后，太国的工作与生活稍稍稳定了下来，考虑到孩子应该早日与父亲在一起生活，太国便让他母亲带上孩子去了成都，租了一处房子居住。2014 年 10 月，我离开工作岗位后，为老父亲整理完了他的自传和我家的家谱，考虑到太国的父母也有着诸多困难，我和老伴也十分想念我们的外孙，另外，我老伴的身体状况也有好转，起码能行走自如了，于是在女儿和女婿太国的恳求下，我俩便来到了成都，又一次担当起了照看小宝贝的重任。我们刚来时，女婿租住的房子是一栋破旧楼房的一层，潮湿难耐，蚊虫众多，还常有硕大的老鼠光顾，害得我们不时被蚊子叮咬。就连我这个比较健康的人也得了湿疹，又痛又痒，格外痛苦，而我老伴更是腰腿皆痛，叫苦连连。这样下去怎么得了呢？我们便与女儿和女婿提议，由我们出个大头，太国的父母出个小头，凑出个50万元的首付，再以太国的名义向银行贷款，在太国工作的医院附近买套房子，改善住宅条件。在我和太国经多次看房并选定房子后，多丽娜返回成都与太国共同操办，在2015年春节之前，我们迁入了位于市一医院附近的一套比较如意的居所。那一年的春节，我们一家人，包括我们的小女儿，就是在这套较新而又舒适的房子里度过的，人人都充满了喜悦，个个脸上都流露着欢乐。

然而，矛盾无处不在、无时不有。旧的问题解决了，新的问题又来了。那时，我的父母都还在世，都在呼和浩特生活。虽然家有保姆，我的一兄一妹一弟又在同城，但他们对我还是比较依恋的。两位年近九旬的老人虽然身体状况还算可以，但说不定哪一天就会病倒住进医院，需要我们回去看望照料。就在那年的上半年，本来相比母亲要健康许多的父亲因患肠炎等病两次住进了医院，第二次住院竟到了生命垂

141

危的境地。这怎能不让我倍加牵肠挂肚、心急如焚呢？回去，一定要回去，尽管远隔千山万水，尽管经济状况有些拮据，那也要回去，并且是立刻回去！在父亲的病情不见好转的情况下，我和老伴商定后，即刻通知多丽娜在网上给我们买好了机票，飞回了呼和浩特，回到了父亲和母亲的身边。只有四个多月不见，躺在病床上的父亲竟然骨瘦如柴了。父亲真是命大福大，后来竟然躲过了病魔的纠缠，出院回家了，而且没过多久就又行走如初了。那次回去，我们住了40多天才返回，返回后也免不了多有牵挂。是年8月，趁多丽娜返回成都休短假之机，为节省起见，我又让她给我买了张软卧车票，一个人坐了40多个小时的火车回了一趟呼和浩特。那次我待了六七天，见父母的身体状况都还可以，只是母亲此前就患有老年痴呆症，吐字不清，时常糊涂，未添新症，才稍加放心地离开了他们。说是稍加放心，哪里能放得下呢！到了那年年底，我和老伴又带上小外孙，途经北京后与多丽娜一同，又一次回到了呼和浩特。见父亲母亲的状况依然如故，我们待了一周多时间就又分别回到了北京和成都。2016年6月末，当我们得知太国将于8月去中国医学科学院肿瘤医院进修一年的时候，因我思父念母心切，另外，我和老伴也能得闲休整休整，就向多丽娜和太国提出，我们先将孩子带回，等到太国到京后，再将孩子送到北京，找一家幼儿园，由他们自己带上一年。虽然多丽娜和太国一个读博，一个进修，都会很忙碌，他俩还是接受了我们的想法。

6 月 30 日带着小宝贝回到呼和浩特住了一个多月后，我们便将孩子送到了北京。多丽娜和太国两人在北京既要保证学习和工作不受过多影响，又要顾及孩子的接送、吃穿和娱乐等方面，其艰难程度可想而知。而我们呢，就把关注的重心转移到了照顾父母和自己的身体健康上了。我每周至少要乘公共汽车到父母家去两次，陪他们坐坐，帮他们做点什么。这样的日子过了有 5 个多月，到 12 月 9 日那一天，我和老伴因想念小宝贝去了一趟北京，在 2016 年 12 月 16 日那天返程。谁知，在返程的火车上我们却突然接到了父亲因脑出血摔倒在洗手间的消息。9 日下午我们赴京，那天上午我还去过一次父亲家，他还打发我出去给他办过一件事。哪曾想当我再次见到父亲时，他已经神志昏迷了，到 18 日傍晚，他老人家便驾鹤西去了。在父亲弥留之际，我们的两个女儿也火速赶了回去。何曾想，在今年 4 月 23 日凌晨，家里又传来了母亲去世的噩耗！在母亲的遗体告别仪式举行前一天，我们的两个女儿也都回去了。而且，多丽娜见我精神状态不好，疲惫不堪，又陪我多待了两天。我写这些，似乎离题有些远了，有些啰里啰唆的了。其实不是，因为多丽娜在这些变故之中是分神劳心了许多的，对她的读博是有不少影响的。但多丽娜真是好样的，我们的女儿真行！在读博的五年期间，她不仅战胜了自己，战胜了重重困难，还获得了不少令人惊喜的成绩。她有三篇科研成果发表在了 SCI 期刊上；今年年初，我和老伴在呼和浩特的家里还收到了北京大学寄给我们的

《喜报》，告知我们，多丽娜因各方面表现突出，获得了北大2016年度"三好学生"称号！多丽娜告诉我们，这三年，学校除了每月发给她生活补贴外，还先后发给她3万元的奖金呢。

今年7月1日中午，我们一行3人到达了首都北京，晚上5点多我们一家人，包括我们的准女婿即小女儿索丽娜的男朋友，就齐聚到了一家名为"万芳苑国际酒店"的雅间里。好事多多，皆应庆贺。现场气氛真是其乐融融！那天，我从成都带去了我仅存的一瓶茅台酒，准女婿也带去了一瓶，若不是老伴和两个女儿阻拦，我肯定不顾旅途劳顿而喝得酩酊大醉的。

7月4日，我们老两口儿和多丽娜他们小两口儿带上小宝贝，早上9点多钟就乘地铁赶到了北大东门，从那进入了北大校园。我们走啊走，看啊看，几乎走遍了整个北大校园，浏览了许多著名景点，拍下了无数珍贵的照片，小宝贝早就走不动了，让我和他爸爸又背又抱的，直到午餐时分，我们才走进校园里一座名为"农园"的食堂，美美地饱餐了一顿。前沿交叉学科研究院举行的毕业典礼定于当日下午3时在北大第二体育馆举行。餐后，我们找到那座体育馆，在大门口又拍了照片，休息了一会儿，便随着人流走了进去。参加毕业典礼的有学院的领导和一些导师，有身着博士服和硕士服的几十名学生，也有几十名像我们一样的学生家长和亲属。我发现有位老人足有80多岁了，听别人介绍是一位博士毕业生的祖父，竟也手持拐杖，由人搀扶，颤颤巍巍地走进了会场，坐到了属于亲属座位的席位上。让人心率陡然加快的两个场面是，由院长宣布获得学位者的名单和为获得博士学位者头戴的博士帽拨穗。多丽娜名列第八，当院长读到她的名字时，当她走上主席台拨穗并与院长合影时，我和老伴不禁都眼睛模糊，热泪盈眶了。

第二天即 7 月 5 日，是北京大学 2017 届研究生的毕业典礼暨学位授予仪式大会。中午，多丽娜拿回了她的博士毕业证书和学位证书。当我和老伴捧住那两本大气又美观的证书翻看时，我们的眼睛又湿了。那时，我才知悉，她所学的专业最终被命名为"整合生命科学"，后面括号里的文字为"临床医学"，而她最终被授予的是"医学博士"学位。

从那些天到现在，我的脑海中时常飘动着一些词语，有"锲而不舍，金石可镂"，有"咬定青山不放松，任尔东西南北风"，有"只要功夫深，铁杵磨成针"，有"壮志未酬誓不休"，有"不忘初心，不懈奋斗，好梦必将成真"，等等。我想，多丽娜经过 5 年的不懈努力奋斗，不，是经过长达 25 年的不懈努力奋斗，终于圆了她的博士梦！

这些年来，我和老伴也常常思考与谈论，像她这样的不懈努力奋斗，像我们这些亲人们的奉献与助力，都是值得的吗？如今，我们可以毫不犹豫、斩钉截铁、满怀骄傲与自豪地说，非常值得！人生一世，是应该学有所成，学以致用，为社会为人类做出些贡献的！而我们这些做父母的，为亲人的，总要对子女、对家人负责，做些事情的！

如今，我们的大女儿多丽娜已经入职于成都市第一人民医院，成为一名实实在在的白衣天使了。相信她一定能成为一名称职、优秀的医生！

2017 年 7 月 28 日